Opa Kurt's
Gedichte und Geschichten

BOOKS on DEMAND

Opa Kurt's
Gedichte und Geschichten

Herausgegeben von Karl-Heinz Schoon

Bibliografische Information der Deutschen Nationalbibliothek:
Die Deutsche Nationalbibliothek verzeichnet diese Publikation in der
Deutschen Nationalbibliografie; detaillierte bibliografische Daten
sind im Internet über http://dnb.dnb.de abrufbar.

Herausgeber: SchoonMediaServices GbR

Herstellung und Verlag: BoD – Books on Demand, Norderstedt
ISBN: 978-3-7386-2482-3

Inhalt

Leben auf dem Lande 7

Glaube – Liebe - Hoffnung 40

Lebensweisheiten I 77

Vergängliches 79

Pflanzen und Tiere 109

Lebensweisheiten II 132

Essen und Trinken..135

Meine Heimat – mein Sand 159

Von den Jahreszeiten...................................169

Lebensweisheiten III 194

Leben auf dem Lande

Heut ist Samstag ich bin gar nicht froh
Unser FCK der hat schon wieder verlor
Vor jedem Spiel wissen'se wie sie gewinne
Und nach her tun sie kein Tor rein bringe

Jedes Jahr könnten se Meister werre
Doch mit so vielen Spielersperren
Suchen se immer einen anderen Grund
Waren es die Stürmer oder war der Tormann schuld

De Trainer läuft dann hin und her
Die Fans die schreien umso mehr
De ganze Betze kocht wie in einer Küsch
Die Fahne tun sie schwinge aber es läuft doch nichts

Iss es Spiel verlor und endlich aus
Wird diskutiert bisse all sind zu Haus
Am Schluss sind sie sich einig sie wisse de Grund
De Schiedsrichter war an allem werre Schuld

Heut ist wieder ein schöner Tag
Auf dem Betze ist wieder alles klar
Sie hann gewunne gegen die Münchner Bayern
Do sieht man doch wie gut sie bald werre

Die Lederhosen hans ne ausgezoh
Alles schreit schun werre Tor Tor Tor
De Schiedsrichter pfeift es war alles klar
Er zeigt einem Bayern Star die gelbe Kart

Die zweite Halbzeit beginnt wie die erste
Die Bayern können nur mit fauls sich wehre
Ein Freistoß von links de Ball kommt gefloh
Alles springt hoch, Tor Tor Tor

Auf de Bayer Bank wird geschrien ganz laut
De Schiedsrichter hat uns die Punkte geklaut
De Bayer Trainer muss auf die Tribün
So sind die Lederhosen die lernen es nie

Silbern glänzt der Morgentau
In dem hellen Sonnenscheine
So als ob in der langen Nacht
Alle Blumen würden weinen

Noch schließen sie die Augen zu
Warten auf die warme Sonne
Und öffnen dann ihr buntes Kleid
Und strahlen voller Wonne

Die einen groß die anderen klein
Alle stehen eng beisammen
Und wiegen sich im leichten Wind
Und tun sich gut

Sie erzählen sich und haben Angst
Vor einem großen Vogel,
Der große, lange Beine hat
Und tut die kleinen Frösche holen

In Quirnbach auf dem Ferkelmarkt
Da ging auch Bauer Kunze,
von weitem hörte er den Krach
und hört die Ferkel grunzen.

Auf jedem Stand da blieb er stehen
Und fragte nach den Preisen,
und trank ein viertel Wein dazu
er war ja nicht in Eile.

Der Ferkelmarkt der fand sein End
Bauer Kunze konnte nur noch lallen,
er schwankte von dem Markt nach Haus
und schlief im Schweinestalle.

Am Morgen als die Bauernmarkt
Das Ferkel wollte füttern,
da lag ne fette Sau im Stroh
ich muss die Bäuerin wecken.

Sie liefen beide zum Stall hinaus
Das war ja Bauer Kunze!
Er war mit frischem Stroh bedeckt
„Ich hörte ihn doch grunzen".

„Wie konntest du den Bauern verwechseln
Mit einer fetten Sau?"
„Er war ja fast mit Stroh bedeckt,
nur's Schwänzchen hing heraus!".

Ich träumte von einem Regenbogen
Ich saß da mitten oben drauf
Ich musste mich doch wirklich wundern
Wie kam ich da denn bloß hinauf
Er leuchtete in allen Farben
Rosarot und himmelblau
Die Sonne fing laut an zu lachen
Doch ich fand mich so gar nicht schlau
Ich hielt mich an dem Bogen fest
Mir wurde es Bange und so schlecht
Wie komme ich da bloß wieder runter
Zum Glück da wachte ich dann auf

Oh du schöner Sommermorgen
Möchte dich ganz herzlich grüßen
Es stehen Blumen überall
Auf Feldern und auf Wiesen

Ich breite meine Arme aus
Als wollt ich dich umschließen
Und atme ein den süßen Duft
Von all den tausend Blüten

Es ruht der Wind kein Lüftchen weht
Ganz still stehen Strauch und Bäume
Als ob sie nach der langen Nacht
Noch schlafen und noch träumen

Die Sonne scheint die Erde wird warm
Spüre sie in meinem Herzen
Ich wandere froh am Bach entlang
Vergesse Leid und Schmerzen

Ach ist heut ein schönes Wetter

Sonntag ist es noch dazu

Ich geh spazieren bei dem Wetter

Trage meine neuen Schuh

Weiche aus bei jeder Pfütze

Gestern war noch alles nass

Damit kein Dreck kommt an die Schuhe

Denn das machte mir kein Spaß

Alle Leute schauten runter

Sahen meine neuen Schuh

Ich ging stolz nur meines Weges

Doch drückten mich die neuen Schuh

Zu Hause konnt

ich kaum noch laufen

Zog die neuen Schuhe aus

Warf sie voll Wut in eine Ecke

Und ging für heute nicht mehr hinaus

Wenn das Abendrot sich am Himmel zeigt
legt sich ein langer Tag zur Ruh,
dunkele Wolkenfelder bringen die Nacht herbei
als schließe man den Himmel zu.

Selten war nur noch ein heller Stern zu sehen
andere tauchten nur schemenhaft auf,
doch der gute Mond er kam ganz groß heraus
spielte mit den Wolken Katz und Maus.

Einmal versteckte er sich hinter einer Wolkenbank
und spitzte an einer anderen Seite wieder heraus,
so ging's die ganze Nacht und sein Mondgesicht
warf Licht und Schatten auf das Land.

Der Wind der wehte schlicht trieb die Wolken mit
summte leise in einem Ton,
als wollte er singen das so alte Lied
vom Lieben und vom guten Mond.

Oft steh ich an der Gartentür
Weiß nicht was soll ich tun
Soll ich graben nun das Gartenland
Oder soll ich lieber ruhn

Mein Hund der schaut mich auch blöd an
Macht dreimal wau wau wau
Er ist so faul genau wie ich
Drum ruhen wir uns aus

Vom Baum da fällt ein Apfel runter
Ganz dicht an meinem Bauch
Er ist schön rot und gelb gestreift
Doch leider auch halb faul

Ich werf ihn fort soweit ich kann
Mein Hund rennt hinter her
Und bringt den faulen Apfel dann
Zu mir dann wieder her

Wie schön es doch in einem Walde sein kann
Er spendet dir Schatten auch an den heißesten Tagen
Wie tausend Fächer breiten seine Kronen sich aus
Sein würziger Blick erfüllt dein inneres Behagen.

Ein Sonnenstrahl durchbricht ab und zu
Die Kühle und Schatten der Bäume
Doch Laub und Moos vom vorigen Jahr
Erhalten ihre seichte Feuchte.

Auch jede kleinste Vogelart
Die außer Wald kaum noch zu erblicken
Die hüpfen durch das feuchte Gras
Als seien es kleine Mücken.

Manchmal hört man in den Wipfeln der Bäume
Ein kleines Lüftchen sich regen
Und die Stämme im oberen Kronenbereich
Ist ein lautes Knarren zu hören.

An manchen Stellen im Waldbereich
Trifft man oft auf eine Wasserquelle
Das kühle Nass ist klar und rein
Ein Labsal an dieser Stelle.

So findest du im Wald nicht nur Stille und Ruhe
Du spürst der Wald ist voller Leben
Und man möchte bleiben so lange man kann
Zu diesem Schauspiel gehören.

So habe ich mir geschworen so lange ich kann
Dieses schöne Fleckchen Erde zu besuchen
Und schreibe diese Verse für all diejenigen auf
Den Wald als treuer Freund zu benutzen

Es ruht der Wald es ruht das Feld
Still steht der Mond am Himmelszelt
Kein Lüftchen weht kein Vogel singt
Es schläft der Mensch es schläft das Kind

Nur in der Stube tickt die Uhr
Und Hund und Katze hören zu
Sogar der Hahn sitzt bei den Hennen
Jede kann er in der Nacht erkennen

Kühe und Pferde liegen müde im Stall
Von der Tagearbeit im Feld und im Wald
Die Schweine grunzen den ganzen Tag
Auch die brauchen jetzt ihren guten Schlaf

Doch wenn am Morgen die Sonne lacht
Werden Mensch und Tiere wach
Und auf dem Hof beginnt ein Treiben
Jeder versucht sich zu beeilen

Der Hahn als erster auf dem Mist
Kräht dass es wieder Morgen ist
Die Glocke vom Kirchturm fängt an zu läuten
So vergeht ein Tag bei Bauersleuten

Mir fehlt ein Knöpfchen an meinem besten Hemd
Schon vorige Woche hat es bloß noch an
Einem Faden gehängt
Doch heute am Sonntag zieh ich mein Hemd frisch an
Da ist mein Knöpfchen nicht mehr dran

Was soll ich bloß mit meinem Hemd jetzt machen
Ohne Knöpfchen kann ich es doch nicht zu machen
Ich holte mir eine Dose mit Knöpfchen herbei
Aber eines wo dazu passt war keines dabei

Es war so ein schönes Perlmutter Knöpfchen
Ganz weiß war es und schimmerte ein bisschen
Da fiel mir ein im vorigen Jahr
An meinem alten Hemd waren dieselben Knöpfchen dran

Ich ging ins Schlafzimmer an den Kleiderschrank
Habe ihn durchwühlt bis ich das alte Hemd fand
Zum Glück waren da noch alte Knöpfchen dran
Ich setzte mich hin und nähte mir eins an

Am nächsten Tag kam mein Hemd in die Wäsche
Da sagt meine Frau was hast du gestern so gegrische
Da schau dein bestes Hemd mal an
Alle Knöpfchen sind ja noch dran

Ich blieb ganz ruhig mir fehlten alle Worte
jetzt noch was sagen dass ich doch Recht hatte
Ich gab klein bei sagte mein lieber Schatz
Es kommt doch mal vor dass ich mich versehen hab

Das tägliche Rasieren geht mir bald auf den Wecker
Immer mit dem ewigen Schaum-geschlecker
Ich könnte doch auch einen Bart mal tragen
Und auf dem Kopf ganz lange Haare

Eine gute Kleidung brauchte ich dann nicht
Eine speckige Hose passte gut zum Gesicht
Die Leute auf der Straße würden all nach mir gaffen
Was ist denn das für ein komischer Affe

Ein altes Fahrrad könnte ich auch noch drücken
Mantel und Schlauch brauchte ich nicht zu flicken
Im Supermarkt könnte ich zu essen holen
Mein Fahrrad draußen würde nicht gestohlen

Ich wer ein König in meinem eigenen Reich
Ich brauchte nichts zu tun hätte immer Zeit
Auf meinem Fahrrad hätte ich mein ganzes Gehabe
Und könnte wo ich wollte auch immer schlafen

Die frische Luft wäre stehts mein Begleiter
Ich käme ohne Geld und ohne Sorgen weiter
Käme ich doch mal in größerer Not
So würde mir helfen der liebe Gott

Es sitzt ein Mann betagt an Jahren
In seinem Sessel und ruht sich aus
Es quälen ihn die Rheumaschmerzen
Er schaut betrübt zum Fenster naus

Starker Sturm Regen und Hagel
Prasseln herunter und bedecken das Land
Die Bäume können nur mit Mühe
Halten dem bösen Wetter stand

Es ist noch ziemlich früh am Tage
Die Mittagsglocke hört man nicht
Der Sturm hat ihren Klang mit fort getragen
Dunkle Wolken lassen kaum noch Licht

Er sitzt im Sessel war eingeschlafen
Die Standuhr hat ihn wach gemacht
Die Zeitung liegt zerstreut am Boden
Als ob vom Sturm sie dahin gebracht.

Es iss eh Plag in unserem Haus
Überall stehn bei uns die Blume
Uff de Fenschterbänk uff de Mauer entlang
Jedes Plätzchen dut mei Fraa benutze

Ich bin leib seel kee Blumenfeind
Ich siehn se ach gere blühe
Was die aber am Dag für Wasser brauche
Das muss ma erscht eh mol siehn

Im Gade muss ich am Wasser spare
Do schießt mer hoch de Salat
Ich son eich blos es iss eh Schann
Wo do heit wird gespart

Wann die Blume eh mol kee Wasser krieche
Do machen se gleich Schlapp
Ich hann ah oft als Dorscht genung
Aber ich hann kee vollie Flasch

Mei Hund der dutjo oft dran pinkele
Das müsste ja eigendlich reiche
Mei Fraa die jagd ne immer weg
Ich tun ne immer streichele

Es ganze Haus stinkt nach dem Mist
Brumse und Micke tun sich zusammen finden
Und steht eh mol es Fenschter uff
Verscheißen se mer noch de Schinke

Wenn meine Frau ihren Putzfimmel hat
Dann ging ich am liebsten auf die Gass
Daheim da darf ich mich nicht mehr bewegen
Wo ich auch bin ich steh ihr im Wege

Ich komme mich wie ein Fremder vor
Sie meint ich soll mich legen auf mein Ohr
Iss die Küche dann fertig dann darf ich da rein
Obwohl sie noch nass ist das ist einerlei

Das Wohnzimmer hat sie gesaugt und gefegt
Wenn ich genau hin schau kann ich manches noch sehn
So geht der Vormittag so langsam vorbei
Ich bin gespannt was zu Essen gibt heut

Wahrscheinlich gibst das Gewärmte von gestern
Da bin ich jetzt schon satt genauso wie gestern
Oh je wer doch blos die Woch wieder rum
Dass endlich der Sonntag an den Himmel kommt

Da kehren wir nach der Kirche ins Kaffee ein
Da bestell ich mir das Beste was auf der Tafel steht heut
Ich trink ein paar Bierchen sie trinkt einen Wein
Ach Gott kennt nicht jeder Tag ein Sonntag sein

Mei Fraa, die leit im Krankenhaus,
Sie kriegt e neies Knie.
Es alte ' iss ganz abgenutzt,
deshalb laaft se jo ganz schief.

Es anner Knie, das iss noch gut,
was ich kann net verstähn.
Ess ganze Läwe isse doch,
gelaaf uff ihre zwee Bähn.

Sie hat sich jetzt de Mut genomm,
Sie losst sich jetzt das mache.
Ich hann net nee noch jo gesaa,
Es iss jo ihre Sache.

Die Operation iss gut verlaaf,
Sie tut schon werrer lache.
Sie laaft noch mit zwee Krigge rum,
awwer das tut sich a noch mache.

Beim Gewitter musse uff sich achte,
Ihr Knie iss jo jetzt voll mit Eise.
Wie schnell schlat do de Blitz eninn,
Das wär dann großi Scheiße.

Guten Abend guten Morgen
Guten Tag und gute Nacht
Wünschen sich die meisten Leute
Die auf Anstand sind bedacht

Doch immer weniger hört man diese Worte
Immer seltener einen deutschen Gruß
Niemand hört man beim Abschied sagen
Auf Wiedersehen und mach es gut

Man bedient sich mit fremden Wörtern
Kommt sich dabei intelligent noch vor
Hauptsache es sind fremd klingende Worte
Und man macht sich gegenseitig was vor

Einst da waren wir noch stolze Deutsche
Einen deutschen Kaiser hatten wir auch
Wir standen fest wie eine deutsche Eiche
Doch man hat uns unsere Krone geraubt

Eine alte Frau sieht man jeden Morgen
Wenn sie mit einem Korb geht in den Wald
Sie sammelt Pilze alle Sorten
Sie kennt sich dabei bestens aus

Das macht sie schon seit vielen Jahren
Verkauft die Pilze auf dem Markt
Sie bestreitet davon ihr karges Leben
Das ist das einzige was sie zum Leben hat

Im Sommer sammelt sie frische Beeren
Im Winter verkauft sie Kräuter und Tee
Auch heilt sie Wunden an kranken Leuten
Und alle schätzen das Mütterchen sehr

Sonntags geht sie in die Kirche
Betet zu Gott dass er sie nicht vergisst
Sie sei doch schon reichlich alt geworden
Und möchte doch schauen sein Angesicht

Alle paar Wochen muss ich zu meinem Doktor
Brauch meine Tabletten muss im Warteraum hocken
Bin ich dann endlich an der Reih
Misst er den Blutdruck und die Sach ist vorbei

Manchmal macht er auch das EKG
Mach weiter so mein lieber so ist es ganz schön
Die Tabletten die tust du ja noch vertragen
Wenn du noch was brauchst musst du es sagen

Abnehmen musst du und sollst nicht rauchen
Lass die Finger vom Alkohol tu weniger saufen
Geh öfters spazieren mach dir schöne Tage
So lässt sich das Leben besser ertragen

Auf Wiedersehn hier ist deine Karte
Bis zum nächsten Mal in vierzehn Tagen
Sehen wir uns wieder an einem Vormittag
Hast du mich verstanden dann ist ja alles klar

Geschder waren se noch do, mei Schlappe,
Doch heit moje sinn se enfach nimmie do.
Ich wes genau, dass ich se vorm Bett leie hatte,
Jemand hat se mer doch do weg geholt.

Bei uns do tut sich kenns an die Ordnung halle,
weder mei Fraa ah noch de Hund.
Ich kennt dann aus de Haut eraus fahre,
Dozu hätt ich doch jeden Grund.

Jetzt sinn mer bloß noch zu dritt in unserem Heisje,
unsere annere Kinner sinn jo nimmie zu haus.
Sunscht mischte die fa de Durchenanner biese,
Doch wer ne jetzt macht, ich kenn mich nimmie aus.

Doch derf ich mich noch net emol beschwäre,
Wo dann mei Schlappe gebliebe sinn.
Schunn fangt mei Alte laut an zu blärre,
man kann se here draus gegen den Wind.
…

…

De Hund kennt die Gefahr als erschder,
unn schleicht sich leise aus dem Haus.
Er wackelt mit em Schwanz am Gartetersche,
unn denkt hoffentlich geht das gut aus.

Noh e paar Dah reinischte ich sei Kerbsche,
unn schüttelte seinen Deppisch uff.
Da tauchten meine alten Schlappen,
Wie e Wunner werrer uff.

Ich ging zu meiner Fraa zeigte ihr mei Schlappe,
Warum haschde se dann im Hund sei Kerbsche ge-
schmiss.
Du werschd mer doch net sage wolle,
So schlecht iss mei Hund doch net.

Wie lange wohnst du schon in deinem Haus
Wie oft schaust du aus deinem Fenster hinaus
Wie oft hast du Türen auf und zu schon gemacht
Und weißt du wie viel Ziegeln liegen auf deinem Dach

Wie viele Fliegen sitzen in deinem Zimmer
Wie viele Spinnen sind unter deinem Dach
Wie viele Käfer laufen in deinem Keller
Hast du schon einmal darüber nachgedacht

Wie viel Wasser läuft täglich aus deiner Leitung
Wie viel Licht du eigentlich verbrauchst
Tust du noch Gas und Öl verbrennen
Rechne dir das alles einmal ganz genau aus

Wie viele Stunden tust du eigentlich schlafen
Wie viele Stunden bist du täglich auf
Glaubst du du könntest dies alles erraten
Dann zähle und schreibe dir alles einmal auf

Schunn werre iss eh Woch eh rum
Ich wollt so viel doch schaffe
Die Müllsäck hann ich zu gebunn
Met ein paar alte Lappen.

Die Rinn die hann ich ah gekehrt
Das wollt ich eigentlich lassen
Der wo de Treck hat hin geweht
Der solls ach sauber mache

Mein Hund hat mir auf den Rasen geschiss
So was darf er doch nicht mache
Ich bin da voll hinein getret
Ich seh's an meine Schlappe

Die nächste Woch solls annersch werre
Da solls mol werre rähne
Da schau ich halt zum Fenschter naus
Tue ab und zu emol gähne

Als Pensionär es ist ein Kreuz
Da hat man doch für nichts mehr Zeit,
morgens schon früh da knurrt mir mein Magen
hoffentlich steht meine Alte bald auf
lässt mit dem Kaffee nicht lange warten.

Bis ich meine Tabletten dann all hab genommen
Da ist schon eine schöne Zeit verronnen
Nimm dann meinen Stecken und tu schnell verduften
Sonst hör ich meine Alte bald über mich rufen.

Ich treffe mich immer mit anderen Leut
Und passe auf bis die Mittagsglocke läut
Schon an der Haustür da riech ich den Braten
Und am Tisch da tu ich mich vom Spaziergang erlaben.

Ich trinke dann meinen Rotwein mach die Flasche wieder zu
Und halte dann meine verdiente Mittagsruh
Am Nachmittag hab ich es dann geschafft
Für heut wird kein Finger mehr krum gemacht.

Abends wird dann nochmals kräftig zugeschlagen
Es war für mich wieder einer meiner Sonnentage.

Das größte Gewitter ist nicht wann es blitzt und kracht
Sondern wenn meine Frau mit mir
Anfangt und macht Jacht
Da wackeln die Fenster die Türen fahren zu
Und der arme Hund findet unterm Tisch nur noch Ruh

In unseren vergangenen jungen Jahren
Da ist auch einmal Gewitterchen auf gefahren
Aber gleich darauf war alles wieder vorbei
Und die liebe Sonne hat wieder gescheint

Aber heut wenn da ein Gewitter sich zeigt
Meine Alte lässt es blitzen und donnern zu gleich
Da denkt mein Hund und ich nichts wie da raus
Da verlassen wir beide am besten das Haus

Wenn da der Blitz von ihr würde treffen
Da hätten wir noch tagelang daran zu lecken
Und die Sonne tut dann auch so schnell
Nicht mehr scheinen
An ihrem Gesicht kann man sehen wann alles vorbei ist

Ein Regenbogen tut dann ihr Gesicht wieder erhellen
Und der Bobi der darf auch wieder bellen
Und ich finde so langsam auch wieder Mut
So wird nach dem Gewitter alles wieder gut

Mein Großvater sagte vor vielen Jahren
Mein lieber Bub aus dir wird mal nichts
Hörst nicht auf mich wenn ich was sage
Sitzt am Tisch und isst auch nichts

Wenn du mal kommst zu den Soldaten
Siehst du aus wie nur ein Strich
Willst nur Pudding und Schokolade
Mein lieber Freund das geht doch nicht

Wenn du mal einen Stall willst bauen
Einen richtigen Hammer packst du nicht
Tust dir bloß auf die Finger hauen
Wirst schon sehen du denkst an mich

Ich hörte ihm zu und ließ ihn reden
Lachte ihn am Schluss noch gründlich aus
Ließ meinen Teller halbvoll stehen
Und ging wieder zum Spielen hinaus

Schenes Wetter hann mer heit eh schener Tag
Mol siehn was ich do met anfangen kann
Zum Schaffe hann ich jo ken Luscht
Das hann ich geschtern schon gewusst

An sunscht kann ich die Sunn so schlecht vertrage
Das heißt net dass ich was gegen sie habe
Im Gegenteil die Leit tun verzählen
Sie tun in de Sunn ihr Rheuma hele

Annere die hann halt lieber de Rehn
Die wo net in Urlaub fahre wo bleibe lieber de hem
Denne iss es egal ob es warm iss ore nass
Die hann bei jedem Wetter ihren Spass

Mir iss es Wetter eigendlich ach egal
Wann ich blos net viel se schaffen hab
In de Wertschaft do sitz ich am Liebschte am Tisch
Un fun denne gebst noch mehr wie mich

Ich spiele mit meinen Haaren am Kopf

Lass sie durch die Finger gleiten

Und drehe mir einen Zopf

Denke an vergangene Zeiten

Ich lieg im Bett in der Dunkelheit

Und kann nicht richtig schlafen

Grübele die lange Nacht

Es gibt ja viel zu sagen

Was ist was war was noch kommen wird

Wie wird das Schicksal enden

So schleicht die lange Nacht vorbei

Wird sich zum Guten wenden

Jetzt werde ich müde und könnte schlafen

Doch ich muss jetzt aus den Federn

Mein Bett das tut mir ja so leid

Ich kann daran nichts ändern

Im Sommer ist die schönste Zeit
am Morgen in der Frühe,
da kommst Du in den Wald hinein
da ist' s noch ziemlich kühl.
Da fallen die ersten Sonnenstrahlen
durch die dichten Äste,
es glitzert der frische Morgentau
in den Spinnennetzen.
Die Luft ist frisch, rein und gesund
man streckt die Arme aus,
und atmet sich die Lungen voll
und lässt sie wieder raus.
Der Harz ist von den Nadelbäumen
würzig im Geruch,
je wärmer das die Sonne scheint
je besser ist ihr Duft.
Da bleibst Du stehen haltest es aus,
möchtest nicht mehr weitergehen
und setzt Dich hin an einen Baum
und lässt die Zeit vergehen.

…

...

Hasen, Rehe und ein Fuchs
die kannst Du öfters sehen,
die bleiben stehen, schauen Dir nach
und sehen Dich gerne gehen.
Dein Weg führt durch das Wiesental
du holst Dir nasse Füße,
die Blumen an den Wiesenrand
die lassen Dich schön grüßen.
Du kommst nach Hause ziehst Schuhe aus,
hast einen Bärenhunger
und gehst am nächsten Tag hinaus
und fühlst Dich wie ein Junger.

Es war einmal vor langer Zeit
Wir waren noch Kinder wir alten Leut
Radio und Fernseher gab es noch nicht
jedoch hatten wir schon elektrisches Licht

Auch die Wasserleitung war schon in die Häuser gelegt
Und man brauchte nicht mehr zum Brunnen zu gehen
Die Schule war noch in unserem kleinen Dorf
Von der ersten bis zur siebten Klass

Unsere Schuhe waren schwer und mit Nägel beschlagen
Viele Kinder mussten sie auch an Sonntage tragen
Außen am Haus war ein Häuschen gebaut
Wer einmal musste musste bei Wind und Wetter hinaus

An der Tür war oben ein Herz eingeschnitten
Damit konnte sich wohl keiner verirren
Zum Spielen hatten wir niemals lange Weil
Wir richteten uns immer nach der Jahreszeit

Hatte jemand Geburtstag feierten wir bei Kerzenlicht
Und eine Torte stand auch damals schon auf dem Tisch
Ostern und Weihnachten waren die größten Feiertage
Genauso wie wir sie auch heute noch haben

Glaube – Liebe - Hoffnung

Hab heut Nacht geträumt von Liebe
Vom blauen Meer und Sonnenschein
Die schöne Zeit ist stehen geblieben
Und das Glück das blieb mir treu

Hab geträumt von vielen Palmen
Von dem weißen Meeresstrand
Wollte dort für immer bleiben
Spielen in dem weichen Sand

Hab geträumt von braunen Mädchen
Eine gehörte mir ganz allein
Hand in Hand gingen wir spazieren
Küssten uns waren uns eins

Hab geträumt von warmen Nächten
Von goldenen Sternen in der Nacht
Bin erst spät am anderen Morgen
Von meinen Träumen aufgewacht

Das Brot des Lebens ist Dein Glaube
Das Wort des Lichtes ist Dein Blut
Das Kreuz der Liebe ist die Sehnsucht
Die in Deinem Herzen ruht.

Ein Sonntag im Sommer ein Sonntag im Mai
Wirf weg deine Sorgen vergesse dein Leid
Dann kehrt deine Freude ans Leben zurück
Und findest von Liebe ein neues Glück

Bin ich einmal auf Reisen besuche ein Gotteshaus
Betrete ich es leise als wecke ich jemand auf
Vom find ich eine Kerze
Ich stecke an ihr Licht
Dann bet ich still und leise gelobt sei Jesu Christ

Dein Schutzengel des Lebens ist Dir von Gott gegeben
Er führt Dich stets auf rechter Bahn
Und das ein ganzes Leben lang
Er ist Dein Begleiter in der Not
Und bleibt bei dir bis in den Tod

Wenn Du im Traum den Mond kannst küssen
So wandere mit ihm durch die stille Nacht,
und grüß alle Sterne die sich lassen blicken
und schau vergnügt auf die Erde herab.

Da schläfst ganz fest in der Sichel des Mondes
Und zählst alle Wolken Groß und Klein,
und siehst durch den Schein des silbernen Mondes
weit und tief in den Himmel hinein.

Die Englein winken dir mitten im Schlafen
Auf deiner weiten Reise zu,
sie haben bunte Bänder in ihren Haaren
und trage an ihren Füßen goldene Schuh.

Sie singen mit dem Schall ihrer großen Posaunen
Lieb Kindelein träume und schlafe gut,
der liebe Mond wird dich wieder aufwecken
wenn er am Morgen auch geht zur Ruh.

Ein Lichtstrahl durchbricht die dunkele Nacht
Eine Sternschnuppe verglüht aus dem All
Hast du ihn gesehen dann wünsch dir was
Es wird in Erfüllung gehen bald

Der Stern der ihn auf die Reise geschickt
Steht irgendwo am großen Himmelszelt
Deine Augen haben ihn ganz deutlich erblickt
Darum bringt er dir Glück und viel Geld

Du bist ein Glückspils seit jenem Tag
Kein Leid wird dir jemals geschehn
So kannst du voll Liebe und Dankbarkeit
Von nun an durchs Leben gehen

Siehst du einmal fallen einen zweiten Stern
Fliegen durch die unendliche Ferne
So denke an mich ich wünsche mir auch viel Glück
Und hab dich ein Leben lang gerne

Suchst du in deinem Leben einen guten Freund
kannst aber keinen finden
doch einer steht schon lange bereit
tief in deinem Herzen er sich befindet.

Es ist dein Schutzengel zu dem du als Kind
so oft schon hast gebetet
er führt sich stets an deiner Hand
sicher durch dein ganzes Leben.

Nun weist du es, du hast doch einen Freund
einen besseren kannst du nicht haben
er hält dich von allen Gefahren fern
tut immer das Richtige zu dir sagen.

Er wird auch einmal bei dir sein
wenn Gott dich einst wird rufen
dein Schutzengel er wird dann bei dir sein
dein Freund für alles Gute.

Über alles habe ich schon geschrieben
Doch nur wenig über meine Frau,
als schöner Goldfisch hab ich sie geangelt
jetzt sieht sie wie ein Walfisch aus.

Sie ist ja eine Fischgeborene
Deshalb schwimmt sie gerne auch hinaus,
je länger dass sie fort kann bleiben
je stolzer kommt sie dann nach Haus.

Sie will mir dann so viel erzählen
Ich höre ihr meistens gar nicht zu,
denn alles was sie tut erwähnen
glaube ich ihr die Hälfte nur.

So hat sie jeden Tag ihr Vergnügen
Ich sitze zu Hause und schau auf die Uhr,
das einzige wo ich mich darüber freue
ich habe für Stunden meine Ruh.

Es fällt vom Himmel Regen und Hagel ·
Es scheint vom Himmel die Sonne oft heiß
Nicht immer kann man im Leben alles haben
Mit dem was man hat musst zu Frieden du sein

Wie oft hört man viele Menschen klagen
Sind unzufrieden bekommen nicht genug
Was sollen dann Arme und Kranken sagen
Die warten ohne Hoffnung werden nicht mehr gesund

Nach jeder Nacht gibt es wieder ein Morgen
Was dir der Tag auch bringt du änderst nichts an ihm
Bringt er dir Freude oder bringt er dir Sorgen
Du musst ihn ertragen mach das Beste aus ihm

Kommt die Stunde der Wahrheit wirst du erkennen
Was du im Leben oft falsch gemacht
Dein Lebenslauf musst du vor Gott bekennen
Bevor er dir Himmel und Türen auf macht

So tue Gutes so lange du Zeit hast
Springe nicht auf einen fahrenden Zug
Ertrage das Schicksal das dir ist gegeben
Dann findest du in dir deine innere Ruh

Baust du dir mal dein eigenes Haus
dann fang nicht an am Dach
heb dir zuerst den Keller aus
und mach dir recht viel Platz

Dann richte dir das Stockwerk auf
tue nichts was übersehen
dann siehst du bald nach kurzer Zeit
dein Haus wird bald schon stehen

Ob steil, ob flach jetzt kommt das Dach
der Schornstein wird bald rauchen
trotz Innenputz und Außenputz
du kannst noch viel gebrauchen

Die Fenster sind dein Musterstück
die dir dein Haus erheben
zuletzt kommt dann der Außenstrich
wird ihm die gute Note geben

Leg dir noch einen Garten an
für den Sommer und den Winter
dann hast du alles was du brauchst
wünsche dir ne Frau und viele Kinder

Hoch steht am Himmel unendlich weit fern
Ein heller großer goldener Stern
Oft träumt ich von ihm in der langen Nacht
Und sage ihm wie gern ich ihn sehen mag.

Jeden Abend bevor ich zur Ruhe mich begeb
Schauen meine Augen in das unendliche All
Und ich freue mich wenn ich im weiten Sternenmeer
Dich unter anderen Sternen erblicken kann.

Dann sprech ich zu dir wie zu meinem besten Freund
Und vertraue dir meine Sorgen und Wünsche an
Dann fühle ich du verstehst mich und gibst mir die Kraft
Und bist mir in meinem Herzen so nah.

Die Sehnsucht dir einmal ganz nahe zu sein
Wiegt mich in seligen Schlaf
Und ich finde im Schutze der Dunkelheit
Als seien meine Träume wahr.

So sollst du für mein ganzes Leben lang
Für immer mein goldener Talisman sein
Und Glück und innere Zufriedenheit
Werden erfüllen mein tägliches Sein.

Wer den Glauben an Gott verliert
Verliert sich selbst als Mensch

> Wenn du die Liebe Gottes erwartest
> So bringe ihm zuerst deine Liebe entgegen

Willst du Gott suchen
Schau in dich hinein und du siehst ihn

> Gott war schon vor dir, Gott ist mit dir
> Und Gott wird sein nach dir

Die Hoffnung die du von Gott erwartest
Liegt in deinem Glauben

> Der Klang einer Glocke ist wie die Stimme Gottes

Du brauchst Gott um nichts zu bitten,
Wenn er bei dir ist

> Machst du mit deiner Hand das Kreuz
> Klopfst du an der Pforte Gottes an

Wenn du zu Gott beten willst
So warte nicht erst bis Morgen

> Es ist schön das Wort Gottes zu hören
> Noch schöner ist es mit ihm zu sprechen

Ist deine Seele in dir gestorben
Bist du tot obwohl du noch lebst

> Wer in Gott ruht, liegt weicher
> Als in einem Himmelbett

All abendlich wenn einschlaf ich
Falt ich noch mal die Hände
Dann bete ich zu dir mein Christ
Bitt für ein seliges Ende.

Ich weiß genau du erhörest mich
Dein Herz ist voller Gnaden
Ich fühle dann erleichtert mich
Und kann beruhigt schlafen.

Du bist in mir und ich in dir
Durch deine große Güte
Du nimmst auch jede Angst von mir
Fühle mich durch dich behütet.

So kost ich oft den Leib des Herrn
In wunderbarer Weiße
Wenn sonntags ich in deinem Haus
Erhalte deine Seelen Speise.

So wie die Nacht zum Tag erwacht
So hell soll sein mein Glaube
So freu ich mich ganz ewiglich
Wann ich darf einst dich schauen.

Warum fühle ich mich oft so einsam
Als sei meine Seele weit von mir entfernt
Dort wo der Himmel sich trifft mit der Erde
Weit am Ende beim Sonnenuntergang.

Wenn sich Tränen und Glück in mir vereinen
Weiß ich selbst nicht wer ich eigentlich bin
Ich könnte weinen manchmal aus Freude
Und könnte sterben wenn ich glücklich bin.

Wie der Wind fliegen Weg meine Gedanken
Weit von mir fort und kommen wieder zurück
Es ist in mir als ob ich ewig träume
Vergangenes und Gegenwart seh ich in einem Bild.

Manchmal möchte ich nach etwas greifen
Obwohl es niemals von mir zu erreichen ist
Würde ich mich auch noch so sehr beeilen
Ich weiß im Voraus es hätte keinen Sinn.

Deshalb muss ich mich zurück zu mir selbst finden
Muss mir wieder geben einen festen Halt
Will meine Sehnsucht in meinem Herzen binden
Und mir sagen dass ich glücklich bin.

Ich stand an der Tür zu einem neuen Leben
Ich streute Samen auf ein leeres breites Feld
Es blühten Blumen die von der Saat mir gegeben
Auf all denen Böden die ich hab bestellt.

An manchen der Blumen befanden sich auch Dornen
Sie blühten rot waren wie das Blut meiner Hand
Ich wollte mein Blut mit ihren Blühten verbinden
Und mit ihnen schwören einen Treueband.

Ich sah einen Vogel vorbei an mir fliegen
Wohin er flog hab ich nicht erkannt
Weit in der Feme sah ich noch den Schatten seiner Flügel
Er war verschwunden in ein niemands Land.

Ich sah die Sonne in ihren schönsten Farben
Ich sah den Himmel weit offen stehn
Ich sah die Sterne wie in einem Märchenlande
Als ob sie am Himmel spazieren gehn.

Ich sah mich selbst auf einer großen Wolke
Ich sah wie die Erde sich unter dem Himmel dreht
Ich sah wie die Blumen mir zum Abschied winkten
Und ich empfinde Freude wenn ich sie mal wieder seh.

Ein schöner Engel hört ich von weitem zu mir sagen
All das was du jetzt siehst ist nun dein Zuhaus
Zwei große Flügel werden dich von nun an tragen
Die große Wolke die dich trägt löst sich nun auf

Ein Korb voll roter Rosen in einer Gärtnerei
Und ich mit leeren Händen schau durch das Fenster rein
Gerne möchte ich eine haben für mein feinst Liebchen mein
Wie soll ich sie bezahlen hab doch kein Geld dabei.

Was eine wohl wird kosten von dieser Rosenpracht
Aber ohne einen Pfennig das ganze mach kein Spaß
So muss ich mich wohl trennen von diesem Rosenblick
Und muss in mir erkennen ohne Geld hast du kein Glück.

Traurig geh ich meines Weges an grüner Saat vorbei
Es lacht die liebe Sonne in mir war Herzenleid
Ein leichter Wind vom Walde erweckte neue Lust
Es roch nach Blütenstaube es roch nach Rosenduft.

Ich eilte ihm entgegen fand einen Rosenbusch
Es blühten tausend Rosen welch Freude und Genuss
Ich brach mir eine Knospe aus diesem schönen Strauch
Und brachte sie voller Liebe zu meinem Schatz nach Haus.

Sie dankte mir von Herzen dass ich an sie gedacht
Ihre Augen glühend leuchten wie Sterne in der Nacht
So wie der Tag begonnen in Liebe Freud und Lust
Fand er ein schönes Ende fand er einen schönen Schluss.

Das Leben eines Menschen ist nicht ganz so einfach
Ganz gleich ob es kurz ist oder lang
Wichtig ist es wie du es gestaltest
Dazu brauchst du eine glückliche Hand

Nicht jedem liegt das Glück in der Wiege
Nicht jeder kommt schon reich auf die Welt
So viele müssen sich ihrem Schicksal fügen
Sind arm geboren und haben nie Geld

Von den Reichen hast du nichts zu erwarten ·
Die schauen nur höhnisch auf dich herab
Du musst dein ganzes Leben lang ackern
Am Ende bist und bleibst du doch arm

Viele wollen mit Gewalt nach oben
Doch für die meisten ist die Leiter zu kurz
Da hilft kein bibbern und auch kein toben
Auf sie wartet der steile Sturz

Darum bleibe friedlich und sei zufrieden
Lebe von dem was du erarbeitet hast
Niemand kann dir dein Glück verbieten
Und deine Gesundheit ist dein größter Schatz

Warum fühle ich mich oft so einsam
Als sei meine Seele weit von mir entfernt
Dort wo der Himmel sich trifft mit der Erde
Welt am Ende beim Sonnenuntergang.

Wenn sich Tränen und Glück in mir vereinen
Weiß ich selbst nicht wer ich eigentlich bin
Ich könnte weinen manchmal aus Freude
Und könnte sterben wenn ich glücklich bin.

Wie der Wind fliegen weg meine Gedanken
Weit von mir fort und kommen wieder zurück
Es ist in mir als ob ich ewig träume
Vergangenes und Gegenwart seh ich in einem Bild.

Manchmal möchte ich nach etwas greifen
Obwohl es niemals von mir zu erreichen ist
Würde ich mich auch noch so sehr beeilen
Ich weiß im Voraus es hätte keinen Sinn.

Deshalb muss ich mich zurück zu mir selbst finden
Muss mir wieder geben einen festen Halt
Will meine Sehnsucht in meinem Herzen binden
Und mir sagen, dass ich glücklich bin.

Unter Bäumen sollst du binden
Aus grünem Laub einen Eichenkranz
Frohe Lieder sollst du singen
Fröhlich sein beim Reigentanz

Mit guten Freunden sollst du trinken
Einen guten Tropfen edelen Wein
Er soll so unsere Freundschaft binden
Wollen für immer Freunde sein

Jede Liebe kommt aus dem Herzen
Zu der Liebe gehört das Glück
Wenn sie die Liebe dir erwidert
Kommt auch das Glück zu dir zurück

Rote Rosen sollst du schenken
Schöne Worte brauchst du nicht
Ihre Lippen werden dich küssen
Dir zeigen dass sie glücklich ist

Jede Rose tut einmal welken
Jede Freundschaft zerbricht wie Glas
Doch die Liebe zweier Herzen
Hält für alle Zeiten an

Ein lauer Wind weht durch die Abendlüfte
Der Tag neigt sich zur stillen Ruh
Eine Nachtigall hör ich leise singen
Ich lausche in der Stille ihren Lieder zu

Sie singt ein Lied von vergangenen Zeiten
Sie singt ein Lied von Liebe und Glück
Ich spüre ihre Sehnsucht in meinem Herzen
Und wünsche ihre Liebe kehrt wieder zurück

So sitzt sie ganz einsam und verlassen
Die Nacht bricht herein sie ist so allein
Ich möchte so gerne ihren Kummer teilen
Und bei ihr verweilen für lange Zeit

Ich schaue hinauf zu den goldenen Sternen
Wo das Lied der Nachtigall verklungen ist
Ich bleibe noch sitzen und fange an zu träumen
Mein Herz ist gerührt voll Wärme und Glück

Einen Korb voll mit Blumen
Mein Herz in der Hand
Möcht ich schenken in Liebe
Seit ich Dich gekannt

Du bist wie eine Rose
So edel und schön
In Deinem Herzen möchte ich wohnen
Und nicht mehr von Dir gehen

So wie die Sonne am Himmel
Erwärmt meine Brust
Möcht ich küssen Deine Lippen
Sonst vergehe ich vor Durst

Lasst uns trinken in Freude
Lasst uns trinken den Wein
Er wird für unsere Liebe
Unser Weinsiegel sein

Auf einer Wolke zu fliegen war als Kind oft mein Wunsch
Alle Englein zu grüßen und küssen auf den Mund
Die Sterne möchte ich zählen bis ich schlafe ein
Und den Mond möchte ich grüßen
Wenn er kommt mal vorbei

So möchte ich reisen mal von der Erde weit weg
In meiner Wolke gut schlafen wie in einem Himmelbett
Möchte fliegen über Meere über Berge hinweg
Meine Wolke wird mich tragen ganz weich und so nett

Ich möchte Wälder beregnen und dass die Felder gedeihn
Möchte Blumen begießen wenn die Sonne heiß scheint
Aus den Sonnenstrahlen möchte ich spinnen ein goldenes
Netz
Möchte bunte Vögel fangen mit ihnen fliegen um die Wett

Versteck mich tief in meinem Bette
Wenn ich fliege übers Eis
Möchte baden in meiner Wolke
Wenn die Sonne heiß scheint
Dann käme ich wieder auf die Erde zurück
Möchte euch allen erzählen von meiner Reise ins Glück

Wie ein Blumenbeet lieg ich dir zu Füßen
Wie ein Regentropfen klar und rein
Wie Sonnenstrahlen dich begrüßen
So soll unsere Liebe sein

Einen Kranz aus Blumen sollst du flechten
Mit einem Hauch von Morgentau
Der frische Duft der zarten Blüten
Ermuntern deine Seele auf

Dein Herz lass zu den Blumen sprechen
Sie hören dich und verstehen dich
Tue sie an deinen Busen drücken
Und lächelnd warten dann auf mich

In meinen Armen darfst du dann träumen
Mit dem Kranz den du geflochten hast
Deine Blumen werden nie verwelken
So lange du meine Liebe hast

Liebst du mich dann beweis es mir
Gib mir einen Kuss dann glaub ich dir
Schenk mir einen Ring mit einem Edelstein
So will ich deine Freundin sein

Führst du mich zum Tanzen aus
Darfst du mich bringen auch nach Haus
Stellst du mich deinen Eltern vor
Ist mein Vertrauen zu dir groß

Schenkst du mir einen Verlobungsring
Spür ich wie glücklich wir dann sind
Zur Hochzeit ist es dann nicht mehr weit
Da laden wir alle unsere Freunde ein

Läuten eines Tages die Hochzeitsglocken
Für uns beide so wollen wir hoffen
Möge das Glück uns immer begleiten
Auf unserer langen Lebens Reise

Ich gehe oft zum Friedhof,

ich gehe an ein Grab.

Da liegen zwei Menschen,

wie lieb ich sie hab.

Ich schaue zum Himmel,

ich schau auf den Stein,

da stehen ihre Namen, sauber und rein.

Es gäb viel zu sagen, wenn ich könnte sie sehen,

von Leid und von Freude, sie würdens verstehen.

So kann ich nur beten, ich vergesse Euch nicht

und lege hernieder ein Vergissmeinnicht.

Gefangenschaft

Ich war im Osten bei Kälte und Not
viel meiner Freunde fanden den Tod.
So ging es Tag ein, so ging es Tag aus
meine Gedanken gingen nach Haus.
Hunger und Krankheit, Elend und Schmach
mussten wir tragen fast jeden Tag.
Oft suchte ich Trost bei den Sternen mein Glück
Fiel matt in den Schlaf, wann komm ich zurück.

Der Himmel

Groß ist der Himmel blau und schön
kein einziges Wölkchen ist zu sehen.
Und treten mal kleine Schäfchen auf
so ziehen sie weiter ihren Lebenslauf.
Kommen dann Wolken ganz weiß und grau
dann zieht sich ein Gewitter auf
sie bringen Regen, Wind und Sturm
und Blitz und Donner machen uns stumm.
Lacht uns die Sonne wieder da oben
sieht man einen wunderschönen Regenbogen.
Ach Gott wie schön ist Deine Welt
in Deinem großen Himmelszelt.

Sommerrosen Sonnenschein
Blauer Himmel überall
Sollen dir viel Freude bringen
Hellen deine Sinne auf

Herzensgüte Sonnenwärme
Strahlen von deinem Innern aus
Springen über zu deinem Liebsten
Freude blüht von ihm dann auf

Sonnenstrahlen dich begleiten
Wenn du willst spazieren gehen
Und die Blumen an dem Wegrand
Wünschen dir ein wieder sehn

Weiße Wölkchen hoch am Himmel
Zeigen dir den Weg zurück
Wünschen dir fürs ganze Leben
Viel Gesundheit und viel Glück

Ich hörte in der Nacht eine Geige weinen
Es musste eine uralte Geige wohl sein
Ihr Klang war so leise und so traurig
Doch ihr Ton war edel zart und so rein

Wem mag diese Geige wohl denn gehören
Der Wind trug den Klang aus der Ferne herbei
Die dunkele Nacht lag sanft über der Erde
Eine Sinnestäuschung konnte das doch nicht sein

So lag ich ganz still in meiner Kammer
Lauschte dem Gesang der alten Geige zu
Getraute mich nur noch leise zu atmen
Die stille der Nacht gab mir selige Ruh

Bald bin ich dabei wieder eingeschlafen
Im Traume verfolgte mich das so traurige Lied
Aus meiner Kindheit vor vielen Jahren
Da sang es oft meine Mutter ich hatte sie so lieb

Verliebte gehen abends gerne spazieren
Wenn der Mond am Himmel steht
Und sie küssen sich eng umschlungen
Wenn er hinter eine Wolke geht

Kommt er am anderen Ende wieder
Schaut er misstrauisch auf das junge Paar
Ob da etwas sei gewesen
Als er hinter der Wolke war

Wieder kommt da eine Wolke
Wieder kann er nichts mehr sehen
Wie das Liebespärchen tuschelt
Warum darf ich das nicht sehen

Er ärgert sich über die blöden Wolken
Immer versperren sie ihm die Sicht
Und er macht den ganzen Abend
Ein verbittertes böses Gesicht

Ein Blumenstrauß zur richtigen Zeit
Musst Du nach Hause bringen
Da fallen keine Sünden auf
Die Dir nur Unglück bringen
Deine Frau schaut nur die Rosen an
Und nicht in Deine Augen
Zum Glück war noch das Licht nicht an
So konnte sie dir glauben
Du erzählst dass du am Supermarkt
So lange warten musstest
Und sie soll froh sein dass du allein warst
Und sie sich schonen durfte
Sie bedauert dich mit einem Kuss
Du stehst bei ihr ganz oben
Bei anderen Frauen tut sie dich
Noch ganz besonders loben
Du hast mal wieder Glück gehabt
Ja Glück das muss man haben
Und hältst dich ruhig bleibst zu Haus
Für die nächsten Tage

Manchmal ist es gut, nachts wach zu liegen
Regelst deine Gedanken bringst sie auf die rechte Bahn
Die stille der Nacht gibt dir Ruhe und Frieden
Wo du am Tage hast keine Zeit und denkst nicht daran

So manche Erinnerung taucht auf in deinem Herzen
Das du eigentlich schon längst vergessen glaubst
Brachte es dir Glück oder brachte es dir Schmerzen
Es weckt ein Stück von deinem Leben wieder auf

Du hast manches wieder plötzlich vor deinen Augen
Als ob es erst gestern gewesen sei
Und du siehst manches als wärs nur ein Traume
Doch es war einmal echte Wirklichkeit

Alles Starke und alles Schwache
Gehört zu deinem Lebenslauf
Wie auf einer Fieberkarte kannst du erkennen
Einmal zeigt sie nach unten dann ging es wieder hinauf

All abendlich wenn einschlaf ich
Falt ich noch mal die Hände
Dann bete ich gelobt sei Christ
Bleib mir bis an mein Ende

Vertrau auf dich mach selig mich
Halt ewiglich mich fest in deinen Händen
Dann werde ich bei dir mein Christ
Dich loben ohne Ende

Wenn schlafe ich dann ein mein Christ
Ein Engel wird mich hüten
Er kommt von dir beschützend mich
Von deiner großen Güte

Dann will ich mich beeilen mich
Im Traum möchte ich dich sehen
Und freue mich dann kindlich mich
Aufs große Wiedersehen

Liebeskummer und Eifersucht
Das war der Jugend größter Schmerz
Ganz gleich ob Junge oder Mädchen
jedem blutete dabei das Herz

Jedes sah in seinen besten Freunden
Einen Nebenbuhler oder Buhlerin
Und jedes glaubte im Liebeskummer
Dass man sich gegenseitig betrügt

Nachts da konnte man kaum noch schlafen
Über Tag war man nicht richtig bei der Sach
Wenn man dann beisammen saßen
Freude hat das wieder gebracht

So war es oft in der ersten Liebe
Sterben wollte man vor lauter Schmerz
Doch heute lacht man oft darüber
Schön war die Zeit frag doch mal dein Herz

Nun ade mein Schatz ich muss jetzt fort
die Ferienzeit ist abgelaufen
ich geh nochmal zum Wirtshaus hin
lasse mich nochmal volllaufen

Die schöne Zeit die wir verbracht
die werde ich oft vermissen
und denke in voller Seligkeit
wenn ich dich durfte küssen

So lebe wohl vergiss mich nicht
denk an die tollen Tage
die wir zu zweit in Glückseligkeit
vereint zusammen waren

Ich schreibe dir bestimmt einmal
einen Brief aus fernem Lande
und hänge dir ein Schleifchen dran
ein Herz aus seidenem Bande

Leb wohl, leb wohl mein treuer Spatz
behalt mich lieb in deinem Herzen
mach dir über meine Wenigkeit
nicht allzu viele Sorgen

Schreibst du einen Brief an deine Liebste nach Haus
So lass es an Worten nicht fehlen,
wie schnell können gehen die Lichter aus
und du kannst ihr nichts mehr erzählen.

Such ihr ein Geschenk nach deinem Geschmack für sie aus
Du wirst viel Freude ihr machen,
und wenn du nach Hause kommst
ruf von weitem ihren Namen
so wird sie Fenster und Türen aufmachen.

Die Freude wird groß sein nach all diesen Tagen
Wo ihr euch konntet nicht sehen,
und ein neues Gefühl der Verbundenheit
wird in euren Herzen entstehen.

Dann pflegt eure Liebe in all euren Tagen
Die ihr zusammen noch lebet,
und möge das Glück euch weiter begleiten
für den Rest eures ganzen Lebens.

Ein heißer Wind weht über das Land
Das von der Sonne fast ausgebrannt
Müde hängen Blumen und Früchte herab
Ihnen fehlt schon seit Wochen das erfrischende Nass

Man atmet auf wenn der Tag zur Neige geht
Und die Sonne nur noch ist am Horizont zu sehn
Wie ein Feuerball sieht der westliche Himmel aus
Und sagt uns das Wetter für den nächsten Tag voraus

Morgen wird es demnach nicht anders sein
Und wir werden wieder von der Sonne verheizt
Wenn viele sich freuen aufs Sonnenbaden
Ist es für andere und Pflanzen kaum noch zu tragen

Deshalb möge der Herr unsere Gebete erhören
Und uns mit dem nötigen Regen segnen
Möge er Sonne und Regen richtig verteilen
So lange wir Menschen auf seiner Erde verweilen

Du bist für mich ein guter Schutzengel
Ich liebe dich bei Tag und Nacht
Ich brauche nur an dich zu denken
So ist mein Herz voll Liebe entfacht

Wie eine Rose so seh ich dich blühen
Ohne Dornen liebevoll und rein
Darum sollst du für mein ganzes Leben
Mein treuer Schutzengel sein

Deine Augen leuchten wie zwei Sterne
Deine Lippen sind wie blühender Mohn
Ich seh dich so nah aus weiter Ferne
Wann darf ich küssen deinen zärtlichen Mund

Ich schreibe dir einen Brief von inniger Liebe
Eine weiße Taube soll ihn bringen zu dir
Eine heiße Träne aus meinen feuchten Augen
Soll bezeugen du gehörst doch zu mir

Lebensweisheiten I

Was lange währt wird gut
Darum verliere nicht den Mut
Was andere heute fertig bringen
Wird dir morgen auch gelingen

Drück dich einmal ein Schuh
Dann schau den anderen zu
Wie die aus ihrer Enge kommen
Du siehst die sind auch nicht vollkommen

Rutscht du einmal draußen aus
So mach dir nichts daraus
Hauptsache du hast dir nichts gebrochen
Und kannst dir noch dein Essen kochen

Singst du einmal ein Lied
Und ist´s auch nicht von dir
Hauptsache es tut dir gut gefallen
Lass es durch deine Kehle schallen

Gehst du mal abends aus
Kommst morgens erst nach Haus
Dann bist du auch ein Frühaufsteher
Und anderen schon voraus

Den Löffel in der rechten Hand
solange das noch geht,
wenn du ihn nicht mehr halten kannst
ist es meistens schon zu spät.

Solang ein Ochse noch im Stalle steht
sollst du dich nicht gegen ihn wenden,
aber wenn einer in deinem Bette schläft
sollst du schnellstens das beenden.

Hast du eine Kuh auf deiner Wiese
so lasse sie in Ruhe weiden
wenn du aber eine in deinem Bette hast
dann lass dich besser scheiden

Vergängliches

Manchmal fühle ich mich wie verloren
schaue tief in meine Seele hinein,
suche den Grund weshalb bist du geboren
ein reiner Zufall kann es doch nicht sein.

Meine Gedanken lass ich wandern
weit bis in meine Kindheit zurück,
such die Stunden wo ich Angst hatte und Sorgen
denk an die Tage wo mir brachten Freude und Glück

So vergingen die Jahre es war eine fange Zeit
Glück und Angst sind verronnen zu einer Gemeinsam-
keit,
mein Leib ist nicht wichtig, nur meine Seele zählt
sie bringt dir all deine Gedanken wie es mit dir weiter-
geht.

Die einen nennen es Schicksal
die anderen sagen es sei dein Los,
Tragen musst du es auf deinem Rücken
von deiner Geburt an bis zu deinem Tod.

Es blühen auf der Welt tausende von Rosen
Doch eine sah ich blühen sie war weiß wie der Schnee
Sie hatte keine Dornen wie die anderen Rosen
Und ihr Anblick war hinreißend lieb und schön.

Sie stand ganz oben auf einer einsamen Höhe
Wo sonst keine Rose mehr blühen kann
Ich brachte sie heim in meinen kleinen Garten
Da wo ich sie täglich bewundern kann.

Schon früh am Morgen leuchtete sie in der Sonne
Und brachte mir Freude den ganzen Tag,
ich küsste ganz zärtlich ihre samtweichen Blüten
und es schien als ob sie mich auch gerne mag.

Wenn in der Nacht das Mondlicht am Himmel
Seinen matten Schein auf die Erde warf
Dann sah sie aus meine weiße Rose
Wie ein Engel in einem weißen Gewand.

Es verging kein Tag, es verging keine Stunde
Wo es ich hinaus zu meiner weißen Rose zieht
So wird es bleiben so lange wir noch eng verbunden
Bis unsere Liebe einmal für immer verblüht.

Das Heil der Welt wenn du es suchst
so wirst du auch es Enden
und hast genügend Zeit dafür
dich fest daran dich binden.

Dein Glaube ist die große Macht
die weiter du kannst geben
all denen du das beigebracht
erhältst von Gott den Segen.

So bist du auf dem richtigen Wege
niemand kann dich dabei verwirren
denn was dir einst von Gott gegeben
du spürst es war Gottes Wille.

So hast du deine Pflicht getan
und kannst beruhigt schlafen
wenn müde ist dein Haupt geworden
in deinen letzten Tagen.

Ruhe ich beim Schlafen, ruhe ich beim Wachsein
gehen meine Gedanken in der Nacht durch mein Herz
sie tragen mich fort als sei ich beim Wandern
bringen Freude und Leid, bringen Liebe und Schmerz

Ich kann meinen Gedanken keinen Einhalt bieten
und ich spüre in mir etwas zu tun
ich horche in mich ob ich schlafe oder träume
und gebe mich hin ganz meiner Gedankenflut

Oft seh ich Bilder die ich vorher niemals kannte
sie ziehen wie der Wind in mir vorbei
oftmals glaube ich meine Seele gehört einem andern
als ob sie schon da war vor meiner Zeit

So kämpft diese Unruh in meinem Herzen
ich schreibe dann auf was sie zu Tage bringt
versuche in Ruhe alles in mir zu ordnen
und daran glauben vielleicht hat es einen Sinn

Die Sehnsucht nach der weiten Ferne
Erweckt in mir den Weg zum Glück
Andere Länder andere Sterne
Geben mir ein neues ich

Bin ein Fremder ohne Heimat
Bin ein Fremder ohne ein zuhaus
Doch diese Fremde und das allein sein
Erfüllt in mir die Sehnsucht die mein Leben braucht

Hoch am Himmel treiben die Wolken
Ziehen über Länder und Meere hinweg
Ich sehe in ihnen mein großes Verlangen
Sie finden wie ich keinen ruhigen Fleck

Himmel und Erde wie eng sind wir doch verbunden
Sie zeigen mir den Weg die mir meine Sehnsucht erfüllt
So lasse ich mich treiben vom Schicksal mich leiten
Um mir zu erfüllen meinen seligen Wunsch

Irgendwann geht mein Herz einmal vor Anker
Einmal sage ich mir hier finde ich es gut
Dann lasse ich mich nieder weit in der Fremde
Und finde das Glück und meine innere Ruh

Die Dunkelheit schützt dich vorm Licht
das oft als blendet deine Augen
du kannst in der tiefen Dunkelheit
weit mehr in dein Inneres schauen

Du fühlst dein eigenes Seelenleben
als läge es in deinen Händen
und kannst vertraut weit in dich kehren
im Schacht der dunklen Wänden

Du spürst in dir das da etwas ist
wenn du es dir kannst auch nicht erklären
und du fühlst in dir dein wahres Ich
den Weg in dem du dich musst bewähren

Dein Seelengut das in dir ruht
daran kannst du wenig ändern
so bleibe dir gut mit treuem Mut
bis an dein seliges Ende.

Wie schnell ist doch die Zeit vergangen
Wie schnell läuft ab deine Lebensuhr
Die Jahre sind wie im Wind verflogen
Ein neues Jahr steht vor der Tür

Gestern noch flott auf Freiers Füßen
Glaubtest die ganze Welt gehört dir
Heute bist du alt und müde
Schaffst nur noch den Weg bis hin zur Tür

Tags über möchtest du nur noch schlafen
Nachts dagegen liegst du wach
In der Dunkelheit kreisen deine Gedanken
Was habe ich richtig oder falsch gemacht

An dem Vergangenen kannst du nichts mehr ändern
Für die Gegenwart fehlt dir jede Kraft
Lässt dich von deinen Gedanken treiben
Wie ein Schifflein ohne Mast

In deiner Seele findest du Frieden und Ruhe
Dein Glauben gibt dir inneren Halt
So kann der letzte Tag für dich kommen
jemand wird da sein der hält deine Hand

Wenn man zur letzten Ruhe dich einst wird begleiten
Die Kirchenglocken zum letzten Mal werden für dich läuten
So ist vorbei dass einmal du hier lebtest
Und du erhältst auf diesem Wege deinen letzten Segen.

Deine nächsten Lieben stehen da werden um dich weinen
Andere werden dir die letzte Ehre erweisen
Mit ein paar trostreichen Worten die der Geistliche für dich sprach
Senkt man dich hinab in dein kühles Grab.

Mit Gesang und Blumen dir zum Gedenken
Werden Freunde und Bekannte dir nochmals spenden
Ein letztes Gebet schlaf nun schlaf in stiller Ruh
Dann deckt dich die kühle Erde für immer zu.

Nun liegst du da unten und weißt von nichts
Neben an dir die Kränze die siehst du nicht
Deine Seele die einmal wurde in deinen Körper gehaucht
Stieg in das ewige Licht zum Himmel hinauf.

Einst wird dich erwecken wenn als Christ du getauft
Der Herr wird dir geben ein neues Zuhaus
Du wirst alle die sehen die einst du gekannt
Und du bleibst für ewig in Gottes Hand.

Oft finde ich nachts keine Ruhe zum Schlafen
Gehe dann hinaus in die Dunkelheit
Setz mich am Ende des langen Dorfes
Auf eine Bank im Mondenschein

Meine Gefühle und all meine Gedanken
Lass ich durch meine Seele gehen
Bin oft so müde und oft so traurig
Niemand wird mich so richtig verstehn

Ich sitze dann hier in langen Nächten
Bis das neue Morgenrot erwacht
Schaue betrübt in die Nebelfelder
Die über dem Walde liegen so flach

Am Himmel steht nur ein einziger Stern
Wie weit er wohl ist von mir doch entfernt
Möchte ihn einmal halten fest in meiner Hand
Und sitzen bleiben auf meiner Bank

Wenn Leute gingen an mir dann vorüber
Würden schauen nach meinem goldenen Stern
Doch niemand würde meine Traurigkeit spüren
Niemand würde sehen wie mein Herz bitterlich weint

Verdammt noch mal ich spüre es auch
Das Alter breitet sich in meinem Körper aus
Alle Glieder schmerzen und tun einem weh
Wenn man nur so seines Weges geht

Ich habe schon lange einen Stock bei der Hand
Er gibt einem doch etwas Sicherheit und halt
Das Atmen nach Luft wird immer schwerer
Oft bleib ich stehen habe Herzbeschwerden

Mit der Arbeit im Garten und um das Haus
Sieht es nicht mehr all zu rosig aus
Ich sitze dann lange auf meiner Gartenbank
Die Zeit vergeht sie wird mir nicht lang

Ich denke dann an gestern und denke an heut
Ich denke an morgen und an die Ewigkeit
Das ganze Leben war wie ein Rausch
Manchmal ein böser manchmal ein guter Traum

Ich war einmal ein Kind hatte keine Sorgen
So lebte ich unter Vater und Mutters Schutz
Ich glaubte dass das immer so bleibe
Dass gab mir in meiner Kindheit Freude und Mut

Ich glaubte nicht dass sich das einmal ändert
Ich wollte immer Kind von Vater und Mutter sein
Auch bei meinen Großeltern die ich so liebte
War ich immer ganz wie daheim

So schien die Sonne stets in meinem Herzen
Viele Wünsche wurden mir von allen erfüllt
Ich war geborgen und ohne Sorgen
Und fühlte mich beschützt gegen Regen und Wind

Die Jahre vergingen ich wurde doch älter
Und das Leben zeigte sich im Wandel der Zeit
Ich musste mich auf meine eigenen Füße stellen
Und ich sah die Kindheit die war jetzt vorbei

Doch was mir geblieben von den vergangenen Jahren
Meine Kindheit die in meinem Herzen immer noch blüht
So denke ich an meine Eltern und Großeltern oft am Tage
Ich habe sie bis in alle Ewigkeit lieb

In der Stille der Nacht
spüre ich in meinem Herzen
eigentlich bist du für dich ganz allein
trägst deinen Kummer und deine Schmerzen
nur deine Seele spürt deine Pein.

Suchst in der Dunkelheit
gegen Angst und Schatten
Verzweiflung in dir was bringt der nächste Tag
hast nicht mehr viel von ihm zu erwarten
da hilft wenig Hoffnung und wenig Rat.

Du warst wie eine Blume
du blühtest in der Sonne
du kanntest nur Liebe, Freude und Glück
doch diese Zeit ist längst schon verronnen
und kehrt in deinem Leben nicht mehr zurück.

So liege ich still habe mich aufgegeben
zum Kämpfen fehlt mir all mögliche Kraft
das Licht des Lebens hat mich verlassen
der Schatten mich erreicht hat
im Dunkel der endlosen Nacht.

Verlorene Zeit

Weit in der Ferne so weit
Gezeichnet von Hunger und Leid
Bei Kälte und Eis

Manch Herz brach entzwei
Man schaute stumpf blos vorbei
Wie lang bist du noch dabei
Wann bist du befreit

Vor Elend und Schmach
Du kaum noch klar denken magst
Geschändet an Seele und Leib
Geht das mal vorbei

In stockdunkler Nacht
Aus Angst was bringt der nächste Tag
Wie viele Tränen hast du geweint
In dieser trostlosen Zeit

Blechteller hast jetzt ruh
Verbeult und alt bist nun du
Erinnerst an endloses Leid
An die verlorene Zeit.

Im Stehen gestorben
Zum Sturm angerannt
So sind sie gefallen
Mit dem Gesicht in den Sand

Trifft es dich oder einen andern
Sein Name ist bekannt
Sein Helm auf einem Kreuze
Wer hat ihn gekannt

Keine Zeit zum Trauern
Nur ein stilles Gebet
Der nächste wird erwartet
Gestern noch geehrt

Neue Gesichter kommen
Im gleichen Gewand
Auch sie werden bleiben
Fürs Vaterland

Die Zeit heilt die Wunden
Die Kreuze verfallen
Sein Bild in der Stube
Mit einem Trauerband

Ich höre ihn rufen schon etliche Tage
Jeden Morgen jeden Abend zu der gleichen Zeit
Ein ängstliches Gefühl und ein Unbehagen
Schleicht sich tief in meinem Herzen ein

Warum ruft dieser Vogel was will er mir sagen
Und warum immer in der Nähe von meinem Haus
Ein kaltes Gefühl bedrückt meinen Magen
Wird man mich tragen bald aus meinem Hause hinaus

Oft seh ich den Vogel er ist schwarz wie ein Rabe
Bleibt ruhig sitzen und fliegt nicht davon
Er schaut mir nach geh ich mal in den Garten
Und ruft mit seinem Schnabel einen herrischen Ton

Ich fühle mich von Tag zu Tag immer müder
Sollen meine letzten Tage bald gekommen sein
Tut dieser schwarze Vogel mein Ende schon ahnen
Soll es tatsächlich der Totenvogel sein

So wie der Sommer in dir vergangen ist
So schnell schleicht der Herbst in dich ein
Noch gestern blühtest du im Sonnenschein
Doch heute bist du gebrochen und allein

Wie der Wind fegt er dich aus der Lebensbahn
Als seiest du dürres fauliges Laub
So bleibst du liegen und hast nicht die Kraft
und niemand ist da der dir wieder helft auf

Gestorben ist in dir die frohe Natur
Alter und Enttäuschungen breiten Sich aus
So lange du noch hilfsbereit gehen konntest
So lange wurdest du noch gebraucht

Enttäuschung und Gram machen sich
in deinem Herzen breit
Doch du bleibst still und du schweigst dich aus
Nur ein Hauch trennt dich noch von der Ewigkeit
In der Hoffnung ein Licht leuchtet für dich auf

Auf deinen Hügel schaust du vielleicht mal herab
Siehst stehen den kalten verlassenen Stein
Dein Name ist von der Witterung verblasst
Deine Zeit die einmal war ist lange Vergangenheit.

Dein hohes Alter führte über weite Brücken
Die du in deinem Leben gegangen bist
Viel Freude viel Kummer würdest du ertragen
Wenn du den Weg zurückgehen müsst

Es gäbe Tage und es gäbe Stunden
Wo du hofftest es möchte immer so sein
Doch so manche Tränen hast du über wunden
Die dir brachten Kummer und auch Leid

So wie des Sommers schönsten Tage
Nahmst du das Glück in deinem Herzen auf
So musstest du auch die Regenzeit ertragen
Die mit gehörte zu deinem Lebenslauf

All diese Wege hast du über wunden
Nur über eine Brücke musst du noch gehen
Sie führt dich in ein schöneres Leben
In der Hoffnung deine Lieben wieder kannst sehen

Du stehst vor der Tür zu deinem achtzigsten Lebensjahr
Eine Zeit die im Rausche vergangen ist.
Sie brachte dir Höhen und auch Tiefen
Sie brachte Dir Liebe, Sorgen und Glück.

Wie ein Sturmwind flogen die Jahre vorüber
Du ließest Dich treiben fandest oft keinen Halt.
Bist wie die Wolken von Dannen gezogen
Einmal schien für dich die Sonne,
einmal war es in Dir bitterkalt.

In all den Gefahren die Dich bedrohten
Irgendjemand war da hielt dich an der Hand.
So sind die Jahre vorbei geflogen
Glück und Zufriedenheit zogen Dich an Land.

Ein schönes Alter hast Du nun erhalten
Obwohl du es fast gar nicht glauben kannst.
Doch im Spiegel siehst Du ein Gesicht voller Falten
Und Deine Haare sind schon lange Zeit grau.

In der Stille der Nacht
Spüre ich in meinem Herzen
Eigentlich bist du für dich ganz allein
Trägst deinen Kummer und deine Schmerzen
Nur deine Seele spürt deine Pein

Suchst in der Dunkelheit
Gegen Angst und Schatten
Verzweiflung in dir was bringt der nächste Tag
Hast nicht mehr viel von ihm zu erwarten
Da hilft wenig Hoffnung und wenig Rat

Du warst wie eine Blume
Du blühtest in der Sonne
Du kanntest nur Liebe Freude und Glück
Doch diese Zeit ist längst schon verronnen
Und kehrt in deinem Leben nicht mehr zurück

So liege ich still habe mich aufgegeben
Zum Kämpfen fehlt mir all mögliche Kraft
Das Licht des Lebens hat mich verlassen
Der Schatten mich erreicht hat
Im Dunkel der endlosen Nacht

Die Zeit des Abschied nehmen kommt immer näher
Die Zeit die Gott dir gegeben hat die weißt du nicht
Noch schauen deine Augen hinauf zum Himmel
Ob du einmal ihn sehen wirst das weißt du nicht

Noch ist dein Herz voll großer Hoffnung
Zum Beten hast du noch genügend Zeit
Noch ist dein zu Hause auf dieser Erde
Und der Himmel ist noch unendlich weit

Auf irgendeinem Stern wirst du einmal wohnen
Mit irgendeinem Stern kamst du einst zur Welt
In Gottes Liebe wurdest du einmal geboren
Du siehst dass Gott seine Hand über dich hält

Schaue hinein in deine reine Seele
Angst und zu fürchten brauchst du dich nicht
Gottvater wird dir deine Sünden vergeben
Und als Engel darfst du sehen das ewige Licht

Gänseblümchen und Hasenpfötchen
Waren uns als Kinder ein lieber Begriff
Wie oft gingen wir davon ein Sträußchen holen
Und wünschten unserer Mutter viel Glück

Unsere Mutter freute sich immer herzlich
jedes wollte ihr liebstes Kindelein sein
Doch sie strich uns liebevoll über die Haare
Und schloss uns alle in ihr Herz hinein

Wir trugen immer schöne Kleider
Unsere Schuhe waren immer sauber geputzt
Wir schliefen immer in frischen Betten
Und wünschten gute Nacht unter Mutters Schutz

Wie sollen wir einmal ihr alles danken
Wenn sie ihr Haupt legt für immer zur Ruh
Wir können nur oft an ihrem Grabe weinen
An sie uns erinnern wie war sie so gut

Der Wind weht über die Ährenfelder
Nimmt all deine Gedanken mit sich fort
Fremde Wolken ziehen am Himmel vorüber
Die du gestern gesehen sind längst schon fort

In den Wiesen verwelken tausende Blumen
Gestern blühten sie noch im Sonnenschein
Sie sind dem Schnitter zum Opfer gefallen
Und niemand ist da der um sie weint

Ein grauer Schleier umhüllt die Sonne
Er verdeckt ihr warmes helles Gesicht
Man kann nicht erkennen ob sie weint voller Trauer
Oder ob sie das alles nicht mehr sehen will

Auch du bist längst davon einbezogen
Fliegst mit dem Wind durch die Zeiten dahin
Bist wie die Wolken ein Fremder geworden
Und wie eine Blume welkst du dahin

Ich träumte heute Nacht von meiner Liebsten
Ich träumte heute Nacht von meiner Frau
Die schönen Jahre sind nicht stehen geblieben
Wie im Rausch flog die Zeit vorbei

Fand mich im Traum unter einer Linde
Die alte Bank war uns längst bekannt
Hier saßen wir oft im lauen Winde
Doch heute sind wir alt und grau

So wie das Rad von einer Mühle
Es dreht sich von dem Wasserlauf
Irgendwann wird es auch einmal müde
Doch niemand hält das Wasser auf

Bald wird sie kommen die letzte Stunde
Wo wir uns halten unsere zittrige Hand
Die Nacht ging vorbei hab mich wieder gefunden
Eigentlich war es ja ein guter Traum

So wie der Sommer in dir vergangen ist
So schnell schleicht der Herbst in dich ein
Noch gestern blühtest du im Sonnenlicht
Doch heute bist du gebrochen und allein

Wie der Wind fegt er dich aus der Lebensbahn
Als seiest du dürres fauliges Laub
So bleibst du liegen und hast nicht die Kraft
Und niemand ist da der dir wieder helft auf

Gestorben ist in dir die frohe Natur
Alter und Enttäuschungen breiten sich aus
So lange du noch hilfsbereit geben konntest
So lange wurdest du noch gebraucht

Enttäuschung und gram machen sich in deinem
Herzen breit
Doch du bleibst still und du schweigst dich aus
Nur ein Hauch trennt dich noch von der Ewigkeit
In der Hoffnung ein Licht leuchtet für dich auf

Auf deinen Hügel schaust du vielleicht mal herab
Siehst stehen den kalten verlassenen Stein
Dein Name ist von der Witterung verblasst
Deine Zeit die einmal war ist lange Vergangenheit

Die Jahre unserer Kindheit flogen wie der Sturmwind
Wie ein starker Orkan zogen sie dahin
Wie weiße Wolken am Himmel ziehen
So mussten auch wir in die Ferne gehen

Wie strahlender Sonnenschein durften wir oftmals lachen
Wie starker Regen wurden unsere Augen oft nass
Doch Wind und Sonne trockneten sie wieder
Und gaben uns neue Hoffnung und Kraft

So wie die Abenddämmerung fiel mancher Schatten
Traurig über unseren Seelen her
Doch über Nacht standen Sterne am Himmel
Der Glanz ihrer Reinheit gab uns neuen Wert

Wir spürten bald in unseren Herzen
Irgendwie sind wir doch nicht allein
Ganz oben hinter den Wolken und Sternen
Wird Gott unser Vater bei uns sein

Ich sah schon immer gerne die Blumen auf der Wiese
Wie oft schon pflückte ich mir einen Blumenstrauß
Ich wählte alle Sorten die mir gefielen
Und brachte sie voller Stolz meiner Mutter nach Haus

Sie freute sich immer herzlich und meinte
Siehst du mein Kind wie gut du sein kannst
Manchmal bist du als ein böser Junge
Doch du gleichst es wieder liebevoll aus

Die Jahre vergingen die Zeit blieb nicht stehen
Meine Mutter und ich beide wurden wir alt
Bald lag meine Mutter nur noch im Bette
Doch ich brachte ihr immer noch Blumen ins Haus

Heute ruht sie schon lange in der kühlen Erde
Ein kleiner Hügel wölbt sich über ihr auf
Mich führt oft der Weg zu ihrer Ruhestätte.
Mit einem frisch blühenden Blumenstrauß

Bald werde ich den gleichen Weg wohl gehen
Das Schicksal nimmt halt so seinen Lauf
Vielleicht ist jemand da der an meiner Ruhestätte
Ein paar Blumen bricht und legt sie darauf

Es ist so schön wenn ich darf schreiben
Meiner Gedanken Lebenslauf
Und vieles von meinem langen Leben
Wacht in meinem Herzen auf

Viele meiner Erinnerungen werden
Auf einmal wieder klar und wach
Und alles was man musste erleben
Läuft vorbei wie das Wasser im Bach

Da gebe es vieles zu erzählen
Von meiner kleinsten Kindheit an
Bis jetzt zu meinem Lebensalter
Käme zusammen ein ganzer Roman

So ist es bei mir so ist es bei Dir
Jeder fährt auf seiner eigenen Spur
Und Dir wird es gehen genauso wie mir
Bis abläuft unsere Lebens Uhr

Es blühen Rosen auf einem einsamen Hügel
Weit ab in einem fremden fernen Land
Dort ruht in Frieden meine große Liebe
In tiefer Erde unter feuchtem Sand

Es waren Jahre von großer Freude und Liebe
Wir träumten beide vom ewigen Glück
Die Tage vergingen wie in einem Traume
Doch ich kehre voller Schmerz allein zurück

Die Sehnsucht nach meiner Liebsten
ist bestehen geblieben
Die Gedanken in der Ferne ist mir stets so nah
Die roten Rosen auf ihrem Hügel sollen ewig blühen
Sollen schmücken ihr kühles einsames Grab

Seh ich bei Nacht hinauf zu den Sternen
Kehrt in meinem Herzen die Erinnerung zurück
Einmal kommt für uns beide das große Wiedersehen
Einmal beginnt für uns ein neues ewiges Glück

An einer Scheune auf einem Lattenzaun
Saßen sieben schwarze Raben
Ihre Augen glühten wie Feuersteine
Schauten als wollten sie mich haben
Ich fing an zu laufen ich rannte davon
Der Schweiß stand mir im Gesichte
Ich stolperte fiel in den Dreck
In eine Wasserpfütze
Ich fing an zu rufen so hilft mir doch
Aber niemand hörte mein schreien
Es war dunkel und ich blutete so
Und fing an zu heulen
Da sah ich von ferne ein helles Licht
Eine Frau in einem weißen Kleide
Sie nahm meine Hand und brachte mich
Zu meinem Elternheime
Ich wollte mich bedanken für das was sie mir tat
Wollte küssen ihre Hand
Sie war nicht mehr da und ich sah in der Ferne
Wie sie vor meinen nassen Augen verschwand

Pflanzen und Tiere

Früh morgens ruft die Amsel dich
Tri ri tri ri tri ra
Steh auf du faules Menschenkind
Sonst verschläfst du noch den Tag
Du gehst noch müde aus dem Bett
Und machst das Fenster auf
Schaust verschlafen an die Zimmerdecke
Und zum Himmel nauf
Die Sonne wirft ihr erstes Licht
Du spürst in deiner Brust
Und fühlst das warme Sonnenlicht
Wie das dir tut so gut
Die Amsel bleibt an Deinem Haus
Hat hier ihr Nest gebaut
Singt dir am Tag noch oft das Lied
Tri ra tri ri tri ri

Singt ein Vöglein früh am Morgen
Weckt er alle Blümchen auf
Und sie schauen ganz verschlafen
In den neuen Tag hinauf

Wenn die ersten Sonnenstrahlen
Trocknen ihr feuchtes Blütenkleid
Kommen die Bienchen angeflogen
Besuchen ihr süßes Blütenheim

Sie erzählen den schönen Blümchen
Von ihren Reisen im lauen Wind
Wo schon überall sie sind gewesen
In dem warmen Sommerwind

Die Blümchen geben ihnen dafür ihren Honig
Die Bienchen bedanken sich herzlich dafür
Fliegen weiter zu anderen Blümchen
Diese öffnen ihnen ihre Blütentür

Die Heckenrosen eine blühende Pracht
schmücken die schrägen Hänge,
sie verbreiten einen süßlich feinen Duft
der in der Nase bleibt hängen.

Ihr rosa-weißes Blütenkleid
leuchtet in der hellen Sonne,
als ob für sie immer Sonntag sei
so lieblich ist ihre Wonne.

Schmetterlinge, Bienen und sonstiges Getier
alle wollen sie umschwärmen,
und saugen ihren süßen Saft
man könnte sie beneiden.

Ihre starken Dolche ragen steil
nach oben mit ihren Knospen,
sie sind noch rein und unberührt
und halten sich noch verborgen.

Ein leichter Frühlingswind
treibt ihre losen Blüten,
hinab bis in das grüne Tal
als wollten sie einen Teppich bilden.

Erst wenn der Nebel zieht ins Tal
endet das bunte Treiben,
und alles wartet auf den nächsten Tag
dann beginnt ein neuer Reigen.

Der Wald der hat es mir angetan
im Frühjahr wenn er setzt frische Knospen an,
oft bleib ich an einem Baume stehen
und frag ihn wie es ihm so gehe.
Ich schaue ob seine Rinde ist nicht wund
und seine Krone ist noch gesund,
die Vögel halten die Zweige rein
und singen Lieder damit er sich freut.
Ich bleib bei ihm noch eine Weile stehen
genieße seinen Duft bevor ich gehe,
sein Schatten spendet mir erholsame Ruh
ich schließe voll Wonne meine Augen zu.
Wenn ich gehe von ihm mit einem lieben Gruß
ich werde wieder kommen,
auf einen kleinen Besuch.

Ein Kornfeld steht am Waldesrand
im goldenen Blütenkleid,
der laue Wind weht weich und sacht
den feinen Blütenstaub.
Kornblumen blühen dicht gedrängt
am Rande der goldenen Saat,
und in der Sonne leuchtet der Mohn
in seiner blutroten Art.
Das Grün des Waldes verewigt den Blick
ich nimm's in meinem Herzen an,
und schau zum Himmel und sage beglückt,
dies hat der Herr getan.

Ein Vogel zupft sich aus einem Apfel einen Wurm
Lacht der Apfel und meint so geht es allen
Die keine Miete bezahlen wollen

Ein Hahn geht in den Hühnerstall
Und zählt die Eier in den Nestern
In einem Nest liegen vier braune Eier
Er lässt die Hühner kommen und fragt
Wer von euch ist fremdgegangen
Und hat die braunen Eier gelegt

Fliegt ein Storch an einem Luftballon vorbei
Und meint sich groß aufblasen
Und nichts drinnen als Luft
So sind heute die Neureichen

Sagt der Habicht zu einem Jäger
Du bist mir der richtige
Sich mit anderen Federn schmücken
Das kann wohl jeder

Fragt der neugierige Hase den Igel
Ja wo willst denn du so früh schon hin
Der Igel ich geh hinunter zum Friseur
Will mich vor den Feiertagen
Noch rasieren lassen

Eine Kuh sagt zu einem Ochsen
Der neben ihr im Stalle steht
Du dreh dich einmal um ich muss mal
Sagt der Ochse du blöde Kuh
Mach doch das Licht aus

Eine Katze sagt zu einem Hund
Warum bellst du immer so laut
Wenn du mich siehst
Sagt der Hund hab keine Angst
Ich will dir ja nur das sprechen beibringen

Eine Elster sagt zu einem Raben
Warum trägst du denn ein schwarzes Federkleid
Wo hast du denn deine grünen und weißen Federn
Meint der Rabe ich habe doch noch Trauer
Meine Eltern sind ja noch nicht lange tot

Ein Bauer füttert am Morgen seine Sau und sagt
Morgen bekommst du nichts mehr zu fressen
Morgen wirst du geschlachtet
Am nächsten Morgen war der Bauer tot
Meint die Sau man soll nie einem anderen
Nach dem Leben trachten

Fragt ein Hund eine Katze
Warum gehst du denn da oben
Auf dem Dach spazieren
Da oben gibt es doch gar keine Mäuse
Sagt die Katze weiß ich auch ich will ja blos sehen
Wie das Wetter morgen wird

Pinkelt ein Hund bei seinem Nachbarn
An das Gartentürchen
Meint sein Herrchen aber Bobby das darfst
Du doch nicht machen
Meint der Hund aber warum denn nicht
Du hast es doch auch schon öfters gemacht

Sagt eine Gans zu einer Ente
Warum watschelst du immer so
Kannst du nicht richtig laufen
Meint die Ente ja schon
Aber meine neuen Schuhe drücken mich so sehr

Sagt der Frosch zum Storch
Ich hab eine ansteckende Krankheit
Wenn du mich frisst musst du auch sterben
Meint der Storch von euch glotzaugigen Brüdern
Hat jeder immer eine andere Ausrede

Springt ein Frosch ins Wasser und alle Fische
Schwimmen ängstlich aus einander
Fragt der eine Fisch den andern
Was war denn da eigentlich los
Meint der andere da ist doch wieder
So ein hässlicher Außerirdischer gelandet

Im Regenwald sagt ein Affe zum andern
Schau mal da unten unsere komischen Verwanden
Fragt der andere Affe warum haben die denn
Keine Haare auf ihrer Haut
Warum wohl die sind bestimmt
In ihrer Entwicklung stehen geblieben

Wie schnell kann doch ein Jahr vergehen
Mein kleiner Hund er spürt das auch
Oft bleibt er beim Spazieren gehen stehen
Und schaut mich müde und traurig an

Er ist schon über fünfzehn Jahre
Beide sind wir jetzt alt und grau
Und wenn wir eine Bank erreichen
Setzen wir uns und ruhen uns aus

Er legt dann seinen Kopf auf meine Beine
Ich streichele sein zartes weiches Fell
Er spürt dass wir gute Freunde geworden
Und er mir immer die Treue hält

So sind wir Tag und Nacht beisammen
jede Trennung fällt uns schwer
Wir hoffen dass wir noch einige Jahre
Zusammen können spazieren gehen

In den Bergen wandern
So lange es noch geht
Die Zeit kommt mal anders
Wo du unten bleibst stehn

Wo Edelweiß blühen
Und Enzian wächst
Ewige Schneefelder liegen
In der Sonne so fest

Schaust hinab in die Täler
Wo Almen und Wald
Wo Kuhglocken läuten
Schallt es weit über's Land

Wo eine Sennerin jodelt
Und ein Sennhund bellt
Möchte ich auch wohnen
So lange mir's gefällt

Wo der Himmel ist nahe
Und der Gamsbock springt
Schallt's hinunter ins Tale
Wenn das Alphorn erklingt

Ihr schönen Berge
Möchte euch nur noch mal sehn
Ich bleibe ja gerne
Unten im Tale stehn

Grüß Gott mein schönes Heimat Tal
Grüß Gott ihr schönen Höhen
War lange fort im fremden Land
Kann jetzt euch wieder sehen

Grüß Gott du alter Lindenbaum
Lass drücken deine Rinde
Lass atmen deinen Blütenstaub
Will ruhe bei dir finden

Grüß Gott du schöner grüner Wald
Kenn all noch deine Ecken
Wo wir als Kinder spielten Ball
Und spielten oft verstecken

Grüß Gott ihr schönen Blumen all
In tausend bunten Arten
Ich lasse meiner Tränen lauf
Musste lange auf euch warten

Die Weihnachtsgans viel dieses Jahr aus
Unsere Auguste hatte einen dicken Hals
Beim Fressen hatte sie sich verschluckt
Kein Bissen ist mehr hinunter gerutscht

So überstand sie die Feiertage
Und darf weiter hin ihr Federkleid tragen
Bis zum nächsten Jahr ist sie wohl zu alt
Deshalb darf sie leben in ihrem Stall

Alle haben jetzt Auguste gern
Sie bewacht das Haus hält Fremde fern
Sollte sich jemand in ihre Nähe wagen
So möchte ich ihn im Voraus abraten

Denn Auguste kennt da keinen Spaß
Mit ihrem langen Hals treibt sie jeden fort
Sie ersetzt den Hof Hund um das Gemäuer
Und wir sparen dabei die Hundesteuer

Ich sah im Traum eine goldene Rose
Ihr Herz war wie ein schöner Edelstein
Ihre Wurzeln standen versteckt im Moose
Ihre Blätter glänzten im Sonnenschein

Jeder der an ihr vorbei ging möchte sie haben
Doch keiner wagte den ersten Schritt
So blieb sie stehen im feuchten Moose
Und die sie sahen brachte sie Glück

Ich hatte sie tief in mein Herz geschlossen
Ich brachte ihr Wasser fast jeden Tag
Ich bin mit der Zeit dabei alt geworden
Doch die goldene Rose war immer noch da

Bald wurde ich müde konnte nicht mehr laufen
Konnte meine goldene Rose nicht mehr sehn
Doch als man mich trug zum kühlen Grabe
Sah ich meine goldene Rose wieder blühn

Es kräht der Hahn es gackert das Huhn
Es bellt der Hund die Kuh macht muh
Es wiehert das Pferd es grunzt das Schwein
Es meckert die Ziege wie soll es anders sein

Es fliegt ein Vogel gegen den Wind
Es schreit in der Wiege das kleine Kind
Hase und Rehe leben in dem Wald
Im Sommer ist es heiß und im Winter kalt

Es läuft das Wasser den Berg hinunter
Und im Westen geht die Sonne unter
Am Himmel stehen die Sterne bei Nacht
Der Mond schaut zufrieden auf uns herab

Tausende Wolken groß oder klein
Ziehen täglich an uns vorbei
Das alles hat uns Gott gegeben
Und wir verdanken ihm auch unser Lebe

Am Bache da plätschert das Wasser dahin
Und Blumen die blühen am Ufer so schön
Ein Vöglein sitzt auf dem wehenden Schilf
Und singt ein Lied von Regen und Wind

Die Blumen die lauschen dem Lieder Gesang
Und schauen sich alle so liebevoll an
In bunten Farben leuchtet ihr Blütenkleid
Nirgends kann es wohl schöner sein

Die Erle die dicht am Bachesrand steht
Sie knurrt wenn ihre Äste im Winde sich drehn
Ein Vogelpaar hat dort ihr Nestlein gebaut
Sie sind so verliebt hier ist ihr zu Haus

Die Sonne lacht von dem Himmel herab
Wärmt Blumen und Wasser vom rauschenden Bach
Eine Kröte die sitzt auf einem warmen Stein
Und springt voller Lust ins Wasser hinein

Auch ich geh so gerne zum Wiesental hin
Setz mich im Schatten des Erlenbaums hin
Und schaue dem fließenden Wasser zu
So finde ich selige beglückende Ruh

Das Wandern ist des Müllers Lust
So meint auch dieser junge Bursch
Hoch in die Berge zieht´s ihn hinauf
Er kennt sich in der Bergwelt aus

An Wasserfällen löscht er seinen Durst
Und schaut hinunter in die tiefe Schlucht
Auf engen Pfaden steil und quer
Kommt nun das Tal ein wenig näher

An Almenrosen macht er öfters rast
Freut sich der schönen Blumenpracht
Bei einer Sennerin kehrt er kurz ein
Sie schenkt ihm einen Enzian ein

Unten im Tale schaut er noch mal hinauf
Dort oben war ich am Wasserlauf
Ein Adler fliegt noch um seinen Horst
Morgen gehe ich wieder hinauf auf den Berg

Ein Edelweiß hoch in den Bergen
Ist frei von Schnee und Eis
Schaut auf zur goldenen Sonne
Zeigt ihr ihr weißes Kleid

Es ist wie Samt und Seide
Ganz zart fühlt es sich an
In einer Felsenspalte
Hälts sich ein bisschen warm

So steht es ganz alleine
Der Himmel ist ihm nah
Nachts leuchten ihm die Sterne
Der Mond ist auch als da

Wenn mutige Wandersleute
Kommen an ihm vorbei
So fällt es oft zum Opfer
Und brechen es entzwei

So braucht es zu seinem Schutze
Einen sicheren schönen Platz
Wo niemand an es heran kommt
Das Edelweiß mein Schatz

Ein Esel steht ganz traurig
Auf einem Haufen Mist ,
Die schönen Zeiten sind vergangen
Als er noch goldene Taler schiss

Arm steht er ganz verlassen
Bei Heu und etwas Stroh
Bis jemand an ihm vorbei kommt
Bringt ihm ein Stückchen Brot

Ein Hahn und ein paar Hennen
Vertreiben ihm die Zeit
Sie gackern und sie krähen
Vertreiben lange weil

Seinen Durst löscht er am Brunnen
Aus einem Wasserfass
Mit dem Schwanz treibt er die Mücken
Von seinem Körper fort

So wartet er die Zeit ab
Bis er legt sich zur Ruh
Und macht für sein hohes Alter
Für immer seine Augen zu

Die Pfingstrosen blühen dunkelrot im Garten
Sie brauchen viel Licht und Sonnenschein
Nur drei von den herrlichen Blumen reichen
Für einen Strauß in das vertraute Heim

Am Wald und an steilen Hügelhängen
Breitet sich der blühende Ginster aus
Ihre goldgelben kleinen Blütenblätter
Verzaubern den Wald in seiner Schönheit aus

Wohltuende Wärme spendet die Sonne
Die in diesem Frühjahr sich so wenig gezeigt
Doch jetzt wärmt sie auf alle Menschen Herzen
Man atmet die süßliche Luft so gerne ein

Möge Gott uns diesen Sommer noch lange erhalten
Alle Menschen werden ihm danken dafür
Besonders die Kranken die auf Genesung warten
Werden Erholung finden bei ihm

Als Bub do spielte ich oft ganz allein
Ich holte mir eh Dos zum Schnecken fangen gehen
Überall an Hängen und Graben
Konnte ich Schnecken met ihren Heischen haben

Wann meine Dose voll war da ging ich nach Hause
Baute eine Feschdung aus Sand und ließ sie dann laufen
Owens legte ich die Heischen auf einen alden Teller
Stellte sie auf den Tisch in einen dunklen Keller

Am annere Morje es war noch ken acht
War unne im Keller eh heilloser Krach
Mei Großvatter war uff eh Schneck getret
Die annere hann sich an de Wand un de Deck verdelt

Ich hann mich gleich aus em Staab gemacht
Mei Großvatter verstand do net viel Spass
War er dann owe in seiner Kammer
Hann ich die Schnecke daber uff gesammelt

Ich hannse dann werre an die Rechen gebracht
Hann die Dos versteckel hann Gras rin gemacht
Mei Sacktuch benutzte ich als Binde
Wann ich se brauch dass ich se werre finde

Die Entlein schwimmen auf dem See
und ziehen ihre Kreise,
und lassen sich von kleinen Wellen
an das Ufer treiben.

Sie sitzen dicht am Uferrand
und schnattern in der Sonne,
und baden in dem warmen Sand
schütteln sich voller Wonne.

Sie putzen sich ihr Gefieder rein
mit ihren breiten Schnäbel,
dann geht's wieder in den See hinein
bleiben doch in Ufersnähe.

Sie tauchen mit ihren Köpfen unter
suchen sich was zu fressen,
im Schilf da halten sie sich auf
und tun sich nachts verstecken.

Lebensweisheiten II

Mancher Hund weiß über seinen Herrn besser Bescheid
Als der Herr über seinen Hund.

Ein Stück Rindfleisch in der Suppe
ist besser als ein ganzes Rindvieh am Tisch

Eine gebratene Gans in der Pfanne ist mir lieber
Als eine gepuderte Gans in meinem Auto.

Kannst du deinen Schwiegervater gut leiden
sollst du deine Schwiegermutter meiden.

Eine alte Frau steht in einem Fleischerladen
Und überlegt welche Wurst sie eigentlich kaufen will
Als sie einige Sorten probiert hatte
Sagte sie zur Verkäuferin eigentlich bin ich jetzt satt
Ich komme besser ein anderes mal wieder

Kommt ein Pfarrer in die Kirche schnuppert
Und fragt den Messdiener wer hat denn da geraucht
sagt der Messdiener aber Herr Pfarrer
das ist doch Weihrauch
Schaut der Pfarrer hoch zum Kreuz und meint
Du kannst wohl das Rauchen auch nicht lassen

Ein Wildschwein mit seinem Ringelschwänzchen
Fragt den Fuchs warum rennst du denn immer im
Wald herum und hast den Schwanz so hoch gestellt
Grinst der Fuchs und meint wer hat der hat

Eine Standuhr fragt eine Wanduhr
Was hast du denn ausgefressen
Weil man dich an der Wand auf gehängt hat
Meint die Wanduhr immer stehen wie du
Möchte ich nicht da tun meine Füße mir viel so weh

Sagt ein Stuhl zu einem anderen
Mein Gott saß heute eine dicke Frau auf mir
Ich bekam bald keine Luft mehr
Meint der andere Stuhl ich hab es gemerkt
Du hast am laufenden Band gequietscht

Auf einer Wiese stehen zwei Kirschbäume
Einer mit roten Kirschen
Und einer mit schwarzen Kirschen
Sagt der Baum mit den roten Kirschen
Nun wer gewinnt am Sonntag die Wahl
Ihr schwarzen oder wir roten
Meldet sich die grüne Wiese wir sind auch noch da
Wenn ihr uns grüne nicht wählt
Lass ich eure Wurzeln verdursten

Eine Ziege die den ganzen Tag meckert
muss nicht immer vier Beine haben.

Zu manch einem sagt man du hast einen Vogel
obwohl er weder fliegen kann noch Federn hat.

Eine Henne die Eier legen kann
Hat auch einen Grund zum Gackern.

Die nur auf Stöckelschuhen läuft
kann nur mit ihrem Hindern wackeln.

In der Schule war ich immer bei den Ersten
ich meine, wenn wir in die Pause durften.

Die besten Amerikaner sind die
die man in einer Bäckerei kaufen kann.

Als der hungrige Wolf im Wald die Großmutter sah
ist ihm der Appetit vergangen und er ist fortgerannt.

Wenn ein Jäger getrunken hat
läuft der Hase nicht weg.

Solang ein Kater auf dem Dache spazieren geht
können die Mäuse im Garten tanzen.

Eine Schwiegermutter die krank ist
ist so harmlos wie eine Bombe die entschärft ist.

Essen und Trinken

Einen Ring Lioner auf dem Frühstückstisch
Nur keine Angst, der tut dir -nichts
Bei einem guten Kaffee und Butterbrotschnitten
Lässt der sich ganz leicht hinunter schlicken

Wenn du gut gefrühstückt hast
Macht dir die Arbeit auch mehr Spaß
Dein Magen knurrt nicht mehr so laut
Machst auch mal öfters eine Paus

Bekommst du Durst auf den Lioner
Gehst dir ein Fläschchen Bier dann holen
So hältst du es bis Mittag aus
Gehst dann ins Haus und ruhst dich aus

Fragst deine Frau was es zu Mittag gibt
Und setzt dich erst mal an den Tisch
Dem Geruch nach sieht es nicht schlecht aus
Gesalzene Rippchen gibt's mit Sauerkraut

Da kann man sich echt gut erholen
Und bei der Arbeit ein bisschen schonen
Die Mittagsruhe tut einem dann gut
Es ist einfach schön sich auch auszuruhen

Hausmacher Wurst und Schweinebauch
Hält jede Krankheit fern vom Haus
Dazu ein Pils aus Rheinland-Pfalz
Du wirst es sehn du wirst steinalt

Nimm deinen Stock und deinen Hut
Das tut so deiner Verdauung gut
Begegnet dir eine schöne Frau
Schau ihr nach wie sie ist gebaut

Summ ein Lied wenn's dir ist zu mute
Wünsch dir selber alles Gute
Lass deinen Gedanken freien Lauf
Träume ein wenig und ruhe dich aus

Geht der schöne Tag zur Neige
Nimm dir Zeit hab keine Eile
Kommst du hungrig dann nach Haus
Dein Kühlschrank wartet schon darauf

Gesegnet sei dein Abendmale
Mit Leberwurst und Schwartenmagen
Bevor du machst das Licht dann aus
Trink zuerst noch deine Flasche aus

Träume in der langen Nacht
Was deinem Herzen Freude macht
Schlummre tief in Gottes ruh
Einem neuen Tage zu

Ein junges Weib und ein alter Wein

Wer möchte davon nicht kosten

Ein jeder hat genügend Zeit

Und lies es sich was kosten

Da kann man verbringen die ganze Nacht

Und singen alte Weisen

Und trinken aus dem kühlen Fass

Und erzählen von alten Zeiten

Im Rausche schwankst du dann nach Haus

Voll geladen mit edlen Tropfen

Und selig findest du dein zu Haus

Brauchst nicht mal an zu klopfen

Will ein Gedicht mal schreiben
vom Rhein und seinem Wein,
dort wo die Reben wachsen
dort soll so schön es sein.
Wo wachsen süße Trauben
in Farben rot und weiß.
so werden in den Fässern
die gleichen Sorten sein.
Auch an den steilen Hängen
von Mosel und der Nah,
da sind die Rebenfelder
der Sonne doch so nah.
ein roter Portugieser
ein Dornfelder kann es sein,
sind zwei verschiedene Reben
doch schmecken beide fein.
Um weiße Weine zu nennen
brauchte ich ein ganzes Buch.
ein jeder kann man erkennen
an seiner Blume und Geruch.
So möchte mein Glas ich heben
und trinken auf euren Durst
doch ich trink den am liebsten
der mich rein gar nix kost.

Trinke den Wein solang er dir mundet
Trinke ihn ob er rot ist oder weiß
Der Geist der im Weine wohnet
Ist nicht rot und ist auch nicht weiß

Trinkst du den Wein aus einem Römer
Soll er herb oder lieblich sein
Drück ihn mit deiner Zunge an den Gaumen
Dann weist du über ihn Bescheid

Trinkst du den Wein aus einem Kelche
Ein Spät oder Auslese könnte er sein
Schau deiner Lieben dabei in die Augen
Gehört dir das Glück heute ganz allein

Trinkst du den Wein aus einem Becher
Unter Freunden bist du nicht allein
Bist unter lauter guten Zechern
Dann lass ihn laufen in dich hinein

Trinkst du den Wein direkt aus der Flasche
Mein lieber Freund so schmeckt er dir nicht
Wie kannst du bloß so eine Dummheit machen
Trink besser Wasser dann passiert dir auch nichts

Heit hann ich mer mol die Eier gebackt
Ich hanns fertig gebrung es wor eh scheen Sach
Die Dotter sinn alle schee ganz gebleb
Ich wes nimmi genau wore es fünf ore sechs

Un unne drunner do brutzelte de Schinkenspeck
Pfeffer un Salz machten dann den Rest
Dazu eh gutes Bier un zweh Kimmelweck
Das hat mer mol richtig gut geschmeckt

Do son die Leit immer vun Eier wird ma blind
Das kann ich net son ich siehn noch ohne Brill
Die Eier die ich immer frisch vom Bauer einkaufe
Dort kenne die Hinkel noch frei in de Wiese laufe

Auch der Vater Hahn ein stolzer Kerl
Mit dem hann die Hinkel ihre größte Freud
In manchem Ei find ich als zweh Dotter
Ich frage mich war jetzt der Hahn schuld
Oder die Hinkelmotter

Der Rebensaft bekommt erst Kraft
Wenn er im Fass gegoren hat
Vom Kellermeister aufgezogen
Wird er als neuer Wein geboren

Vom Standort seine Wurzel stand
Wird in der Flasche er bekannt
Und wie viel Sonne er vernascht
Wird er mit Öchsle er bedacht

Bevor im Glase wird er getrunken
Wird Farbe und Geruch erkundet
Dreht er sich dann im Glas im Kreise
Geht er bald auf die lange Reise

Erfüllt des Menschen Herz und Seele
Den Rebensaft von Gott gegeben
Darum trinke Wein an allen Tagen
Gibt Mut und Kraft zu neuen Taten
…

...
Wenn die Abendglocke läutet
zieht der Landwirt seinen Hut,
und er dankt für seine Arbeit
die er heute durfte tun.

Er faltet seine müden Hände
zu einem stillen Dankgebet,
wicht sich den Schweiß von seiner Stirne
und geht nach Hause seinen Weg.

Die Dunkelheit ist angebrochen
die Straßenlampen leuchten auf,
er tut nur noch sein Vieh versorgen
und dann geht auch er ins Haus.

Bricht das Brot mit seinen Händen
sagt ein kleines Dankgebet,
schläfrig werden seine Augen
bis er dann zu Bette geht.

Herrgott segne diesen Landwirt
diesen frommen Ackersmann,
steh ihm bei in seinen Nöten
weil er den Weg zu Dir auch fand.

Das Liebste was ich als Pensionär noch mach
Einkaufen fahren mit meiner Frau in die Stadt
Im Großhandel in der Fleischabteilung
Do bring ich am besten die Zeit herum

Schwenkbraten Gulasch Cirus sind zu sehen
Dass ist schöner als mit dem Bus auf Reisen gehen
Schälrippchen ein richtiger großer Lappen
Den kann man kochen oder auch backen

Ach und do liegen manchmal so schöne Lenden
Do kann ich kaum meinen Blick davon wenden
Die Hähncher liege do frisch oder gebrot
Die ess ich am liebsten ganz heiß ohne Brot

Meine Frau die meint hast du jetzt alles gesehen
Kenne mir jetzt eh mol weiter gehen
Hascht du ken Zeit gab ich ihr zu verstehen
Es Wänsche ist jo noch leer mehr bleibe noch stehn

Mit einem bösen Gesicht verlass ich den Laden
Zu Haus muss ich den Gruschkram
In die Kisch dann trage
Die Freude am Einkaufen war wieder vorbei
Beim nächsten Mal bleib ich doch besser daheim

Ich trink so gern den Rebensaft
Vergoren muss er sein
Aus einem alten Eichenfass
Ein Wein vom deutschen Rhein

Ich trink so gern den weißen Wein
Vom Weintor bis nach Mainz
Und wenn er von der Mosel kommt
Dann schmeckt er auch noch fein

Ich trink so gern den roten Wein
Der Name ist mir gleich
Ob Burgunder oder Dornfelder
Auch Portugieser darf es sein

Ich trink so gern den alten Wein
Mit einem jungen Weib
Wenn ich so viel getrunken hab
Bringt sie mich auch noch heim

Ich trink so gern den Pfälzer Wein
In der Pfalz bin ich daheim
Ich mach mir jetzt ein Fläschchen auf
Und trink ihn ganz allein

Ich trink so gern ein Fläschchen Wein
Mit meiner lieben Frau
Da brauch ich keine Autobahn
Wir trinken ihn zu Haus

Ach Gott isses mer heit werre so schlecht
Mer hann geschder Owend eh mol werre gezecht
Ich kumm in die Wertschaft do sass die ganz Blos
Ich hann grad noch gefählt jetzt gings richtig los

Wanns nix koscht wor ich noch immer gere dabei
Wer am beschde kann liee hat immer alles frei
Ich hann geloh dass sich die Balke biegen
Ich konnte mein Glas nich leer genug krieche

Wan ich getrunk hann musste ich selber üwer mich lache
Wer das alles geglabt hat dass wor seine Sache
Ich hann verzehlt vum Rotkäpfchen im Wald
Un wie die alt Hex im Winter hott kalt

Wie die Geisemotter im Uhrekaschte sich hat versteckt
Un de Wolf vor Hunger die Backstein hat gefress
Wie die Frau Holle im Himmel eh Schneemann gebaut
Un wie die sieben Zwerge es Dornröschen hann geklaut

Später gab es noch Specksoss un Lewerknepp
Wer alles bezahlt hat wes ich heit noch net
Mer hann halt immer die rischdische Leit
Un eh Dummer wor noch immer dabei

Im Wein liegt die Wahrheit so gern ich ihn trinke
Je tiefer ich ins Glas schau, doch ich kann sie nicht finden.
Wo haben diese edlen Tropfen nur die Wahrheit versteckt.
Ich spüre sie in meinem Kopfe und die Beine zieht's mir weg.

Zuerst fand ich es lustig, ich sang ein Liedchen dabei.
Ich war auch sehr durstig, er schmeckte mir so fein.
Dann sah ich goldene Sterne in meinem Kopfe sich drehn
Die sonst hoch am Himmel zu tausenden stehn.

Ich fing an zu schaukeln, saß auf einem Karussell.
Ich drehte mich im Kreise, um mich drehte sich die Welt.
Ich musste mal nach draußen die frische Luft tat mir gut.
Wie konnte bloß ich so saufen? Ich suchte die Wahrheit nur.

Dann schlug es bei mir ein, mein Gott wurde mir schlecht.
Zuerst kam der Rotwein im Bogen, der Saumagen zuletzt.
Ich hab die Wahrheit gefunden, was wohl den Wein betrifft.
Ein Fläschchen in allen Ehren, doch besauf dich nicht.

So hebe ich von neuem mein Gläschen zur Brust.
Schau in die rubinrote Farbe und lösch meinen durst.
Gott erhalte unsere Reben, ob sie rot sind oder weiß.
Möge es für immer so bleiben, die Wahrheit liegt im Wein.

Auf ein Wohl treue Brüder erhebt das Glas
Mit einem edlen Tropfen frisch aus dem Fass
Es lebe die Liebe der Gesang und das Weib
So lasst uns genießen solang die Sonne noch scheint

Einen großen Klotz Trauben wie die Brust einer Frau
Wenn du beides in deiner Hand hälst
Spürst du ein Krippeln im Bauch
Drum lasset uns trinken heb einen zur Brust
Der Wein macht dich munter und löscht deinen Durst

Lasst Lieder uns singen vom Rhein und seinem Wein
Das Tanzbein lass schwingen und fröhlich uns sein
Kein Tag soll vergehen der schöner könnt sein
Ein hoch auf die Liebe ein hoch auf den Wein

Geht das Fass dann zur Neige soll es das letzte Glas sein
Der Geist des Weines begleitet uns heim
So werden wir geloben im Rausche des Weins
Wir sehen uns bald wieder beim Vater Rhein

Ein Bier ist so gut wie eine schöne Frau

Man muss sie nur kosten dann weiß mans genau

Die Frau kann man küssen das fördert die Lust

Das Bier tut man trinken das löscht dann den Durst

Hast du genug von dem Trinken genug von der Frau

Dann lege dich schlafen und ruhe dich aus

Am anderen Morgen denkst du gerne zurück

An den schönen Abend und dein genossens Glück

So genieße die Tage nimm einen zur Brust

Deine Frau in die Arme so lang du hast Lust

Die Zeit wird mal kommen wo das Bier

Nicht mehr schmeckt

Deine Frau die wird bleiben die läuft dir nicht weg

Dann trinket gemeinsam zum Bier auch mal Wein

Und genießet die Tage so lang die Sonne noch scheint

Das Trinken und die Liebe hat noch niemand bereut

Drum bleibt euch für immer ein Leben lang treu

Modder wann backste dann werre Brot
Ich kann bald nimmi wahte
Wann de Vatter Zeit hat die näkschte Woch
So lang kannste doch noch wahte
Gell do backste ma werre eh Bobb
Mett viel Rosine drin
Und streichse dann met Eigelb oh
Damet se saftig sinn
Die Bobb die ess ich immer wahm
Wann ich ah Bauchweh kriege
Ich trink dann kaltes Wasser druff
Und muß mich schnell verkrische
Ich renne schnell uffs Heisje naus
Mei Bauch der macht schun krach
Und schon ein knall die Bobb
Fliegt raus das war eh schnelli Sach
Zeitungpapier war do genung
Ich konnt mich sauber mache
Ich ess de recht vun meiner Bobb
Un muß dozu noch lache

Warum habe ich denn immer Hunger
Warum werde ich denn niemals satt
Warum mache ich mir darüber Kummer
Ich habe ja dich mein lieber Schatz

Warum trinke ich so gern ein Bierchen
Warum trinke ich so gern den Schnaps
Warum trinke ich so wenig Wasser
Ich kanns nicht verstehen weißt du es mein Schatz

Warum kann ich bloß den Wein nicht lassen
Warum hebe ich ihn nicht einfach auf
Ich könnt ihn doch im Keller lassen
Er schmeckt doch auch nach Jahren fein

Warum tue ich so gerne schlafen
Warum habe ich mein Bett so gern
Möchte es am liebsten auf dem Rücken tragen
So käme ich am schnellsten wieder hinein

Es war noch immer eine schöne Sache
Wenn man etwas zu essen und zu trinken hatte
Die Liebe kommt erst als zweites in Frage
Bei den meisten geht sie erst durch den Magen

Ein schön gedeckter Tisch mit Rosen
Dann Schweinebraten mit viel Soße
Bayrische Knödel kommen noch dazu
So lässt es sich gut sitzen auf seinem Stuhl

Ein guter Wein der schließt dann die Runde
Jeder hebt sein Glas führt es zum Munde
Schließt seine Augen lässt den Gaumen sprechen
Schnallst mit der Zunge und zeigt ein lächeln

Der Nachtisch müsste nicht gerade sein
Aber zum guten Ton gehört er halt dabei
Man erzählt sich hinterher die tollsten Geschichten
Und denkt im Stillen an die nächsten Gerichte

Meine Frau fragt oft was soll ich kochen
Meistens fällt mir auch etwas ein
Ich tue dabei sie gerne beraten
Ich ess halt gerne gut und fein

Öfters gibt's ein guter Braten
Ein gebratenes Hähnchen kann es auch sein
Eine Platte voll mit Frikadellen
Halb vom Rind und halb vom Schwein

So lässt es sich in der Woche gut leben
Beilagen gehören natürlich dazu
Freitags dann gerührte Eier
Mit geräuchtem Schinken find ich gut

Samstags gibt es dann eine Suppe
Abwechslungsreich kommt sie auf den Tisch
Am liebsten ess ich die Bohnensuppe
Mit vielem Grünzeug auf die freu ich mich

Samstags gebt es meischtens Supp

Do brauche mer kee Krumbeere zu schäle

Die Mame stellt eh Hawe voll uff

Es Grienzeig darf darin net fehle

Werschtja gebt es dann dezu

Ein paar verschiedene Sorte

Vom Rind vom Schwein und ah gemischt

Wie sie jedem am beschde schmacke

Die ähne esse am liebschde die Erbsesupp

Die anere am liebschde die Linse

Ich ess am liebschde die Bohnesupp

Jetzt brauche na net so se grinse

De recht wo dann noch üwerisch bleibt

Dene gebst am näschde Dag

Do schmackse noch genauso gut

Blos Werschtja sin kene mehr da

Hast Du einmal ein schlechtes Gewissen
Bleibe ruhig und halte dich klein
Denn hinter jeder dunklen Wolke
Ist auch heller Sonnenschein

Läst Du in Gesellschaft mal einen fahren
Es ist dir passiert du konntest nichts dafür
Rümpfe wie die anderen deine empfindliche Nase
Und gehe wie die meisten hinaus vor die Tür

Siehst du auf dem Tisch ein schönes Stück Braten
Greife gleich zu und hole es dir
Denn wenn du erst allen anderen abwartest
Merkst du zu spät dass es dumm war von Dir

Trinkst du den Wein der dir wird geboten
Lobe den Wein und lobe seinen Herrn
Denn du weißt dass er dich nichts kostet
Also trinke und sage, oh wie schmeckt der fein

De beschte Salat wo es gebt zu esse
Das ist de Grumbeersalat met Speck,
do braucht man ke Angst zu hann vor Schnecke
die wo im Kopfsalat sitze so ganz versteckt.

Überhaupt wir Pfälzer schätze die Grumbeer
So wie uns Gott gibt das tägliche Brot,
so mancher Knorze hat uns über den Hunger geholfe
in schlechten Zeiten und in großer Not.

Unser Grumbeer aber ist eine Delikatesse
So schäne Kerschtja in etwas Fett,
und wann ich anGrumbeerpannkuche denke
do bleibt mir das Wasser im Maul ehweg.

Vom Geriewene kann man so manches mache
Grumbeersupp und Grumbeerknepp,
auch Spitzbube mit Schweinebrore ist eine feine Sache
aber abgeschmelzt mit Rahm und Weck.

Am Liebschte ess ich die Gequellte
Mit eingelegte Hering in Zwiebelsoß,
da kann man se laut ziehen lassen
beim Spazierengehen mitten uff de Stroß.

Ja wir Pfälzer sind ke dumme
Das sieht man unseren Gesichter ohn,
und mir trinke de Weiße wie de Rote
und bleiben gesund und immer froh.

Elf Uhr ist es wenn die Glocke zu Mittag läutet
Meine Frau fängt dann an das Essen zu bereiten
Sie holt im Garten Gemüse oder Salat
Da ist halt immer eine schöne Sach

Etwas später ich brauch nicht lange zu warten
Da tut auf dem Herd ein Stück Fleisch schon braten
Eine schöne mit Knoblauch gewürzte Soß
Ich schau auf die Uhr hoffentlich geht es bald los

Schöne Bratkartoffeln die darf ich nicht vergessen
Die geben den Geschmack für das ganze Essen
Mein Teller ist da meistens viel zu klein
Ich hole mir dann zweimal ein Nachschlag muss sein

Eine gute Flasche Bier die darf ich nicht vergessen
Die gehört dazu zu jedem guten Essen
Meine Frau die trinkt doch lieber einen Wein
Mir ist es egal ob von der Mosel oder vom Rhein

Oft stößt es mir auf in aller Früh
Ist nicht vom Wein und nicht vom Bier
Ich weiß jedoch den richtigen Grund
Ich fühle mich wohl – fühl mich gesund.

Ich muss zuerst mal fiffi gehen
Dann wasch ich mich und mach mich schön
Dann lockt das Frühstück mich zum Tisch
Mal sehen was es da alles gibt.

Wer morgens gut gegessen hat
Der ist auch glücklich den ganzen Tag
Man hält es bis zum Mittag aus
Dann gibt es ja den nächsten Schmaus.

Oh was lacht mir Herz und Magen
Steht auf dem Tisch ein feiner Braten
Un den Abend darf ich nicht vergessen
Schon kurz vor sieben möchte ich wieder essen

So füllt mein Bauch sich kugelrund
Ein Gläschen Wein hält mich gesund
Ich spüre dann ein zufriedenes Behagen
Kann in der Nacht schön träume und gut schlafen.

Meine Heimat – mein Sand

Zwischen Sand und Schönenberg
war noch vor Jahren ein großes Wiesental
und bunte Blumen blühten hinunter bis zum Bach
Auf der anderen Straßenseite
standen Birnenbäume groß und stark
Und ließen ihre Früchte fallen bis in den späten Herbst
Die Straße war aus Schottersteine gut und fest gebaut
Und die Leute fuhren mit ihren Wagen
die Straße ab und auf
Abends wenn es dunkel wurde
beschleunigte man seinen Schritt
Denn an beiden Straßenseiten brannte noch kein Licht
Später wurden die Bäume abgeholzt
und Häuser darauf gebaut
Jetzt sieht der Teil von unserem Ort
nicht mehr so romantisch aus

Wo Füchse, Hasen, Rehe, Igeln,
auf Wiesen, Felder sich begrüßen,
da sieht die Welt gesund noch aus
da bin auch ich zum Glück zu Haus.

Wo Vögel ihre Flügel schwingen
Und in den Bäumen Lieder singen,
da bleib ich stehen und horche auf
denn hier bin ich ja auch zu Haus.

Wo Tannenwälder ihre Gipfel wiegen
Wo Blumen blühen auf den Wiesen,
da brech ich einen Blumenstrauß
denn hier bin ich ja auch zu Haus.

Wo in dem Tal ein Bächlein fließet
Und in der Sonne Schmetterlinge fliegen,
dann schau ich nach dem Schönsten aus
denn hier bin ich ja auch zu Haus.

Geh ich mit meinem Hund spazieren
Auf meinem Wege die Käfer kriechen,
dann weichen wir beiden ihnen aus
denn hier sind wir ja alle zu Haus.

Mitten im Dorf steht ein Bauernhaus
Da wird der Schnaps gebrannt,
da kannst Du feine Sachen kaufen
die Du bis jetzt nicht kennst.
Vom Williams Christ und Apfelschnaps
Von Kirschen und Mirabell,
alles was Prozente hat
ist hier zurecht gestellt.
Liköre von der feinsten Art
Nur einige möchte ich nennen,
der Pfirsich- und der Pflaumenlikör
die liegen vorn im Rennen.
Auch die Leute in dem Bauernhaus
Die möchte ich einmal nennen,
die sind freundlich, sind für jeden da
lern Du sie doch mal kennen.
Dann wirst Du sehen, ich habe Recht
Du wirst es nicht bereuen,
nun geh mal hin, trink einen Schnaps
und lass Dich gut betreuen
Zum Wohle

Verfallen steht ein altes Haus in einer engen Gasse
Im Wind und Regen steht es da sich selbst ganz überlassen
Ein Vogelpärchen wohnt seit Jahren
hat hier sein Heim gefunden
Und Efeu wächst bis unter das Dach als wäre es festgebunden.

Die Fensterläden hängen spärlich an angerosteten Kolben
Sie schlagen immer auf und zu wenn draußen Stürme toben
Das Mauerwerk vor dem Zerfall ist längst nicht mehr zu retten
Und in dem Haus sieht es aus sind nur noch faule Treppen.

So steht es da für sich allein seinem Ruin sich übergeben
Nur ein paar Blümchen groß und klein
sind bei dem Haus geblieben
Ein Gartenzaun der einst zum Schutz war um das Haus errichtet
Stehen nur noch einige Pfosten da von Dornen ganz beschichtet.

Für die Leute im Dorf ist das alte Haus
schon lange ein vertrautes Bild
Doch wer bei Nacht vorübergehen muss
Spürt im Magen ein ängstliches Gefühl
Der Mond wirft seinen matten Schein
dringt durch das morsche Gebälk
Und wer da noch gut bei fuße ist beeilt seine Schritte schnell.

So kommen und gehen die Jahre dahin
das Haus wird immer schlechter
Die Zeit die ist nicht stehen geblieben
es fand sich auch kein Pächter
Schutt und Unrat geben den Rest es bleibt einsam und verlassen
So steht das alte Haus allein in der engen alten Gasse.

Früher gab es in unserem Dorf
noch viele alte Häuser,
der Wind der pfiff durch Fenster und Türen
hinauf bis auf den Speicher.
Im Herd da knisterte das trockene Holz
es roch nach Harz und Gasen,
eine Kerze stand auf einem alten Tisch
in einer bunten Vase.
Man schaute in die Dunkelheit
und sah die Leute eilen,
sie hatten Angst vor der dunklen Nacht
als wollte ein Geist sie ergreifen.
In dieser Zeit wurde viel erzählt
von Geistern und Gespenster,
und alle Leute hingen zu
ihre kleinen alten Fenster.

…

…

Auf einer alten Ofenbank
schnurrte ein schwarzer Kater,
er spielte mit einer fetten Maus
die er fing in ihrem Garten.
Der Hund horchte in die dunkle Nacht
achte auf jedes Geräusch,
ob jemand an der Haustür sei
und wollte von dort herein.
Die Standuhr schlug die zwölfte Stund
alle fingen an zu beten,
sie schauten schnell noch unters Bett
ob da was ist gewesen.
Sie zogen die Decke über den Kopf
hielten den Atem an,
und schliefen voller Müdigkeit
bis in den neuen Tag.

Es steht auf einem Hügel ein alter Baum
Groß und breit ist sein starkes Geäst
Schon mancher Sturm hat an ihm gezaust
Doch seine Wurzeln stehen in der Erde fest

Vom Blitz wurde er oft schon gezeichnet
Seine Wunden heilten bei Schnee und Eis aus
Die Sonne trieb aus seinen tiefen Narben
Wieder neue Trieben heraus

So steht er da schon alt an Jahren
Wechselt von Jahr zu Jahr sein Laub
Vögel aller Sorten und Arten
Haben in ihm ein glückliches zu Haus

Er sieht wenn Kinder neu sind geboren
Er sieht wenn man Alte zum Dorf trägt hinaus
Er hört wenn die Glocken zum Festtage läuten
Und hört wenn sie traurig klingt so lau.

Drowe uff em Zielbersch in unserem alten Haus
Do hammer als Kinner eh rum gehaust
Uff em Speicher hann ma geglickert un Balle gespielt
Do hat als die Deck un die Balken gegwitscht

Unser Mame hat als gegrisch ich hol eich gleich runner
Die Zimmerdeck die kummtjo bald eh runner
Mer hann dann geschoss met em Balle ans Dach
Do hann die Ziechele gewackelt das machte uns Spass

Um vier Uhr do kummt eier Babe bald häm
Do werrena schun siehn do werrena ganz klän
Bevor es so weit wor sin ma de Speicher runner
Fum Fenschder sieht ma ihn do unne kumme

Hallo Babe mer sinn do fah dich ab zuhole
Es Esse iss schunn verdisch steht uff em Owe
Do dut de Babe in sei Dasch eh nin greife
Un dut uns eh Tafel Schokolade verteilen

De häm verlief alles ruhig un gelassen
Unser Mame dut ah ihr Mundwerk zu lasse
Mer hann dann gegess un ebbes getrunk
Und liefen ganz leise uff de Schlappe herum

In einer glücklischen Ehe iss es immer dann schän
Wann die Alten sich met ihren jungen verstehn
Zum spielen gingen wir später hinaus
Es war werre ruhig in unserem alten Haus

Im Bergwiesener Grawe dort wo die Gwetschebäm stehn
Do kann man eh nunner bis no Brücke sehn
Uff de annere Seit wo früher stand die Lind
Sieht man wo Scheneberg und Kiwelberg sind

Guckt man gegen Osten üwer Bruchmühlbach hinweg
Sieht man wo die Sickinger Höh sich erstreckt
Üwer Martinshöh ragt de Kercheturm eh raus
Die Höh iss bewaldet herrlisch sieht sie so aus

Im Süden kann man ins Saarland gucken
Awer in Bexbach dun die Schornschde
Üweler Qualm ausspucke
So kenne ma weit blicke rund um unser schenes Dorf
Wer es liebt der zieht auch so schnell net fort

Zur Erholung und Freizeit do hann ma unser See
Do kenne ma met de Endscher ins Wasser gehn
Met de Boode do kann ma fahre uffs Wasser hinaus
Man kann Sonnen Baden und sich ruhen aus

So sinn wir Sänner zufriedene Leit
Im Summer wie im Winter ob es stürmt oder schneit
So denke all die Leit ob jung ore alt
Gott erhalte unser schenes gutes Sand

Von den Jahreszeiten

Das Schönste auf der Fasenach ist
Man versteckt sich hinter einer Maske
Und was man sich sonst nicht zu getraut
Das ist jetzt Narrensache

Als Erstens trinkt man mehr vom Sekt
Schaut tiefer in die Flasche
Beim Tanzen lässt man sich mehr gehen
Das ist doch Ehrensache

Mit der Kleidung nimmt mans nicht so ernst
Muss sie nicht gleich fallen lassen
Doch ein bisschen frei von Bauch und Bein
Kann man schon frei sich machen

Das dicke End am nächsten Tag
Der Kopf brummt wie ein Hammer
Mit ein paar Hering und Kaffee
Vertreibt den Katzenjammer

Meine Frau ging auf die Fasenach
Ich selber blieb daheim
Ihr war das alles ganz egal
Dann geh ich halt allein

Ihr Kostüm hat sie sich selbst genäht
Viel Stoff hat sie nicht gebraucht
Ihr Po der war nur leicht bedeckt
Und ein bisschen von ihrem Bauch

Ihr Busen den hat sie frei gelassen
Das war nicht zu über sehn
Beim Tanzen hüpfte er dann mit
Das fand sie wunderschön

Auf ihrem Kopf da saß die Narrenkapp
Das war ihr größtes Teil
In der Hand hielt sie die Fasnachsbletsch
Die fand sie richtig geil

Beim vierten Gläschen Wein und Sekt
Die Stimmung war jetzt laut
Tanzte Samba sie auf dem Nebentisch
Und bekam dafür Applaus

In de Fasenachzeit do iss mei Fraa,
Ganz annerscht wie an annere Dah
Do isse immer froh zu allem bereit
Kennt doch net immer Fasenach sein

Die Zimmer hat se bunt geschmickt
Hat bunte Bänner dran geknipt
Alles hat se scheen verteilt
Kennt doch net immer Fasenach sein

Es Radio hat se laut uff gedreht
Damit mans uff de Stroß ah hert
Do bleiwe stehn die ganze Leit
Kennt doch net immer Fasenach sein

Kichelcher duze zum Kaffee backe
Do hat se was los muß man ihr lasse
Zum danze holt se mich dann herbei
Kennt doch net immer Fasenach sein

Am Aschermittwoch do machse dann schlapp
Was waren das doch fah dolle Dah
Warum gehen solche Dah so schnell vorbei
Es kennt doch immer Fasenach sein

Warum lässt der Mond uns manchmal schlecht schlafen
Wenn er als Vollmond am Himmel steht
Grinst er uns an und will uns was sagen
Das kann ja nur in der Nacht geschehn

Am Tage ist er ja ganz verschwunden
Vielleicht denkt er über uns Menschen nach
Und abends dreht er wieder seine Runden
Und raubt uns wieder unseren guten Schlaf

Das macht er aber nur wenn er voll ist bei Kräften
Und uns auf unserer Erde ärgern kann
Sieht man ihn nur am Himmel zur Hälfte
Schämt er sich und tut uns nichts an

Manchmal tut es ihm auch Leid als ob er weinte
Trägt um sein Gesicht einen Trauerkranz
So wollen wir ihm auch wieder verzeihen
Wenn er heraus schaut hinter einer Wolkenwand

Guter Mond du gehst so stille
Als Kinder lernten wir schon das Lied
Und so wollen wir es weiter vererben
So lange es der gute Mond noch gibt

Der Sommerwind wiegt dich in Träumen
Er singt für dich ein Liebeslied
Er erzählt dir von der weiten Ferne
Die du im Traume hast oft gesehn

Der Sommerwind erweckt in dir die Sehnsucht
Wenn deine Träume auf Reisen gehen
Du lässt dich von ihm in die Ferne treiben
In weißen Wolken ans blaue Meer

Der Sommerwind bringt dir die Liebe
Erfüllen wird er dir jeden Traum
Du musst nur fest an deine Träume glauben
Und fliegen mit ihm in Zeit und Raum

Der Sommerwind wird deine Sehnsucht erfüllen
Dein Herz wird wie die Sonne erglühn
Du wirst vor Glück in deiner Liebe ertrinken
Im Traum dich finden im Sommerwind

Der Sommerwind geht einmal zu Ende
Du wirst erwachen aus deinem Traum
Wirst dich erinnern und zeigst ein lächeln
Wie schön war doch der Sommernachtstraum

Wenn von den Bäumen die Blätter fallen
Decken die Erde mit Laub ganz zu
Der Wind bläst sie im Teufelskreise
Von einer Ecke der anderen zu

Nacht stehen die Bäume in eisiger Kälte
Ihre Rinde glänzt im Morgengrauen
Und hoch in den Gipfel sieht man die Nester
Die fleißigen Vögel hatten gebaut.

Die Raben fliegen in großen Scharen
Ihr Schreien bestätigt das so veränderte Bild
Sie suchen Schutz in nahen Tannenwäldern
Wo Has und Rehe zu Hause sind.

So harren sie aus den kalten Winter
Schauen immer nach Futter sich aus
Schütteln den Schnee von ihrem Gefieder
Und warten bis im Frühling die Sonne geht auf

Die Gaben sind gebunden
Sense und Sichel wurden Stumpf
Die Sonne am Himmel fast verschwunden
Die Hände sind rau und wund

Man geht den weiten Weg nach Hause
Wischt sich den Schweiß von seinem Haupt
Spricht kaum ein Wort zu seinem andern
Ist müde und schweigt sich wortlos aus

Die Abendglocke hört man läuten
Ruft alle auf zum stillen Gebet
jeder weiß was das Geläute bedeutet
Faltet die Hände und bleibt kurz stehn

Denkt beim Nachtmahl an das Morgen
Wo noch steht das volle Korn
Macht das Kreuz in seinem Bette
Dankt noch mal Gott seinem Herrn

Als Herr Lange stell ich mich vor
Mit meinem ganzen Kinderchor
Der andere Hase ist meine Frau
Trägt wie ich einen Blumenstrauß

Schon früh am Morgen kommen wir aus dem Wald
Und tragen am Ostermorgen die Eier aus
Dort wo keine Nester sind gebaut
Die gehen leider ohne Osterhasen aus

Setzt euch ans Fenster und passt auf
Und schaut in euren Garten hinaus
An Palmen Hecken hinter jedem Strauch
Da halten sich die Osterhasen auf

Nun liebe Kinder baut noch schnell ein Nest
Denn Morgen ist es bestimmt zu spät
Und bittet Gott zum Osterfest
Dass er es Morgen nicht regnen lässt

Hallo ihr lieben kleinen Kinder
Das Osterfest ist nun vorbei
Habt ihr noch viele Eier übrig
So ladet mich doch einmal ein

Ich komme gern euch mal besuchen
An einem Sonntag da hab ich frei
Ich bringe mit unsere Hasenkinder
Und meine Frau ist auch dabei

Ich erzähle euch wo wir sind zu Hause
Im grünen Wald wo die Sonne scheint
Wo die Igeln Rehe und die Füchse wohnen
Da sind wir glücklich all vereint

Geht ihr im Wald einmal spazieren
Und die Vöglein singen euch ein Lied
Dann horcht ihnen zu und schaut ins grüne
Vielleicht könntet ihr uns einmal sehn

Frohe Ostern wünsch ich Euch all
Der Osterhase aus dem grünen Wald
Meine Arbeit habe ich nun getan
Alle Ostereier sind jetzt bunt bemalt

Nun liebe Kinder kommt in den Wald
Sucht euch die schönsten Eier aus
Die Nester habe ich gut versteckt
Mal sehen wer sie schnell entdeckt

So bald ihr etwas seht ganz helles
Da seid ihr an der richtigen Stelle
Wo Veilchen blühen im weichen Moos
Da findet ihr die Nester schon

Ich als Osterhase passe schon auf
Und verstecke mich hinter einem Baum
Nun Kinder sollt ihr richtig gucken
Und müsst die Ostereier suchen

Mein Gott was hatte ich heut für ein Glück
Hatte ich den Osterhasen mal erwischt
Gestern habe ich noch das Nest gebaut
Und heute saß schon der Hase drauf

Ich schlich mich langsam von hinten an
Damit er mich nicht sehen kann
Ich streute ihm Salz auf seine Pritsch
Dass er ganz ruhig sitzen blieb

Er schaute mich etwas ängstlich an
Doch ich sagte dass er sich nicht fürchten braucht
Er soll nur viele Eier legen
Dann kann er wieder weiter gehen

Am Schluss da war das Nest ganz voll
Ich fand das wunderschön und toll
Gab ihm noch eine gelbe Rübe
Er freute sich und ich soll euch alle grüßen

Hallo ihr lieben netten Leute
Ist das der richtige Weg nach Sand
Habe mich doch glatt verfahren
In der schönen Hinterpfalz

Auf dem Betzenberg bin ich gewesen
Auch in Landstuhl auf der Burg
Längst der Sikingerhöh bin ich gefahren
Bis ich kam in Miesau durch

Nun hab ich doch noch Sand gefunden
Am Ortsschild stand der Name drauf
Fuhr mit meinem Rad den See hinunter
Dort versteckte ich die Eier auch

Darum ihr lieben braven Kinder
Steht am Ostermorgen ganz früh auf
Geht mit euren Eltern am See spazieren
Und sucht euch die bunten Eier aus

Heute am Ostersonntag sind wir froh
jetzt sind wir alle Sorgen los
Unsere Ostereier trugen wir alle aus
jetzt ist es leer das Hasenhaus

Im Wald herrscht wieder stille Ruh
Die Hasenkinder schlafen noch gut
Sie halfen die Eier bunt an malen
Und mit Ihren Eltern sie in die Nester tragen

jetzt haben sie ihre Sonntagskleider an
Und spielen versteck im grünen Gras
Und wenn ein Jägersmann kommt in den Wald
Verschwinden sie im Hasenhaus

Die letzten Maientage
Des Jahres schönste Zeit
Müssen nun Abschied nehmen
Der Sommer steht bereit

Vorbei die Frühjahrs Blüten
Vorbei die weiße Pracht
Von ihren Sonntags Kleidern
Der Wind hat sie gebracht

Der Duft der süßen Winde
Taten Herz und Lunge wohl
Ein seliges empfinden
Vertrieben Angst und Not

Zu schnell vergingen Tag und Nächte
Zu schnell des Maienglanz
Im nächsten Jahr zum Feste
Laden ein zum Maientanz

Ihr Leit de Sonntag harn ma Kerb
man siehts em Dorf ah ohn.
Die Heiser werre frisch gestrech
und alles anere ah.
Mei Mamme dut die Fenschter butze
mein Babbe kehrt die Rinn,
de ganze Leit denen sieht mans ohn
das alle glicklich sin.
Mei Großvatter hat ne Sau geschlacht
am Stall do hängt die Blos
in de Kisch do werd die Worscht gemacht
do is was richtig los.
Es komme immer viele Gäscht
die meischte vun der Saar,
und einige die sind so fresch
die kumme schun vor Dah.
Die fresse was so in se geht
die krin jo net genung,
und immer wann man se hert
do sin se net gesund.
Beim Mettagsdisch war ein Gestöhn…

...

jeder wollte die merschte KIes,

und als der Schweinebrore kam

wollt jeder ihn zuerscht.

De Wein han se wie Wasser gesoff

und han am Schluß gement,

das der jo viel zu trucke is

den han se noch net gekennt.

De Kuche hat ne besser gefall

do han se sich richtig drongehal.

Sone dicke Tante hat gesah

gell Katsche fa mei Verwandte gebschte ma ah.

So gingen die drei Dag vorbei

dann sind se werre abgereist,

sie nahmen noch met Eier und Speck

und jeder noch e Häbsche Fett.

De Vatter hat zur Motter gesah guck noh

das se nix vergesse han,

schunscht sind se morje werre do.

Das alles wollt ich bloß erwähne

und so von unserer Kerb verzähle.

De Sonntag iss eh Johr erumm;
de Strauß steht in de Scheier.
Do wird no alter Tradition, die Sänner Kerb gefeiert.

Buwe unn Mäd ziehe durch es Dorf,
de Kerwestrauß voraus,
Unn hinne dran die Bloßkapell,
die spielt ganz voll heraus.

An de Wertschaft wird dann halt gemacht,
de Strauß wird hochgesteckt,
Die Kerwered wird dann gehall,
unn dobei laut gebletscht.

Im Tanzsaal geht' s dann munter weiter,
die Drei Erschde werre getanzt.
Jeder Buw wo sei feschtes Mäde hat,
is jo allen bekannt.

…

…

Die Kinner renne uff de Stroße rum,
an de Stänn is ein Gedränge,
An Mohrekepp unn Waffelbruch,
bleiwe die meschde Grosche hänge.

Die Reitschul steht uff em Kerweplatz,
alle wolle schnell druff fahre,
Die Lieder spielt de Orgelmann,
dieselben schon seit Jahren.

In de Wertschaft geht' s jetzt munter zu,
nach reichlich gutem Essen,
Die erschde Leiche leie schon do rum,
 unn tun sich übergebe.

So geht es bis no Mitternacht,
die meschde sinn vollgesoffe.
Das jeder de Hämweg fmd,
das wolle ma alle hoffe

Im Märze der Bauer den Traktor auf tankt
Und zieht krumme Furchen durch Lehm und durch Sand
Da bleibt an den Rädern hängen viel Dreck
Auf den Wegen wo wir gehen das macht niemand weg

Die Gille die wird in die Wiesen gefahren
Von weitem stinkt es verpestet die Luft
Die Blumen die da blühen können es auch nicht vertragen
Sie sterben und verlieren ihren Duft

Die Vögel finden kaum noch Nahrung
Würmer und Frösche sind kaum noch da
Wie lange kann die Natur das noch ertragen
Wie lange sind diese Schönheiten noch da

Das Wasser in den Bächen ist trübe und grau
Fische und Krebse sterben darin auch
Den Wind hört man pfeifen durch dürre Äste am Baum
So als ob auch sie weinen sich aus

Oh Maien lauer Frühlingswind
Im Herzen spür ich dein singen
Der Gräser süßen Blütenstaub
In meine Lungen dringen

Das junge Grün der Eichenblätter
Im Winde leicht sich wiegen
Und bunte Vögel groß und klein
In klaren Lüften fliegen

Rein liegt die Luft im Morgentau
Es grüßen alle Blumen
Die ersten Strahlen von Sonnenschein
Erwärmen beglückende Ruhe

Oh wunderschöner Monat Mai
Lasst uns zum Tanz uns finden
Und einen bunten Blumenkranz
Für dich zur Ehr uns binden

Der Sommerwind wiegt dich in Träumen
Er singt für dich ein Liebeslied
Er erzählt dir von der weiten Ferne
Die du im Traume hast oft gesehn

Der Sommerwind erweckt in dir die Sehnsucht
Wenn deine Träume auf Reisen gehen
Du lässt dich von ihm in die Ferne treiben
In weißen Wolken ans blaue Meer

Der Sommerwind bringt dir die Liebe
Erfüllen wird er dir jeden Traum
Du musst nur fest an deine Träume glauben
Und fliegen mit ihm in Zeit und Raum

Der Sommerwind wird dei Sehnsucht erfüllen
Dein Herz wird wie die Sonne erglühn
Du wirst vor Glück in deiner Liebe ertrinken
Im Traum dich finden im Sommerwind

Der Sommerwind geht einmal zu Ende
Du wirst erwachen aus deinem Traum
Wirst dich erinnern und zeigst ein lächeln
Wie schön war doch der Sommernachtstraum

Der Herbst ist gekommen
Die Rosen verblüht
Mein Herz ist beklommen
Krank ist mein Gemüt

Schau betrübt auf zum Himmel
Wo die Sonne verdeckt
Hinter Nebel und Wolken
Kein Lichtstrahl sich reckt

Müde sind meine Augen
Verloren mein Blick
Noch ein Funken im Herzen
Klein wie das ewige Licht

Möchte schlafen für immer
Ruhen in Gotteshand
Will falten meine Hände
Bis ein Engel er sand

Oktober wors ich wor noch kleen
Die Eppel hingen noch uff de Bähm
Es wor eh Woch vor unserer Kerb
Die Leit horre schun all ihre Kuche geback

Die Krumbeere wore noch uffem Feld
So lang das scheene Wetter noch hält
Eh bisje Rehn kennese noch vertrage
Im Gate steht noch es Kraut un die Kohlerabe

Mer Kinner hann eh paar Tag Ferien gehatt
Hann zu geguckt wie die Bauern ehr Sau hann geschlacht
Oe Metzjer lief met em lang Messer herum
Am Scheiertor steht die Leter wo die Sau werd uff ge-
hunk

Worschtsupp gabs dann zum Mettagsesse
Ich kenne kenner der wo se net gern tut esse
Met Krumbeere drin oder Nudele ah Reis
Un die uff geplatzte Werscht wore ah dabei

So wors eh großes Fescht an em gewenlische Tag
Egal un wann es an einem Freitag war
In dieser Zeit durfte man Freitags noch ken Worscht esse
Sundags gingen wir dann Beichte vor der heiligen Messe

Ein Novembertag nicht all so schön
Doch lohnt es sich zum spazieren gehen
Die Nebelwand noch dicht am Land
Hebt langsam sich vom Bodenrand

Nur spärlich bricht das Sonnenlicht
Des Nebels graue Finsternis
Der Himmel ist zum Teil bewölkt
Nur wenig Morgenrot erhellt
Den neuen Tag der erst begonnen
Von dunkler Nacht ist er entkommen

Nur leichenblass sieht man im Lichte
Des Vollmonds blasses Mondgesichte
Doch färbt der Himmel sich leicht rot
So sagt man schönes Wetter tot

Krähen und Elstern fliegen in Scharen
Sie durchbrechen die stillen Novembertage
Vom Laubwald lallen goldbraune Blätter
Es ist doch schön so ein Novemberwetter

Lebensweisheiten III

Sagt ein roter Apfel zu einem grünen Apfel
Wir roten Äpfel lassen uns viel besser vermarkten
Als ihr grünen Äpfel ich weiß ich weiß sagt der grüne
Ihr roten Äpfel kommen meistens aus dem Ausland
Ihr werdet ja immer bevorzugt

Zwei Affenkinder fragen sich
Warum gehen unsere Verwanden Menschenkinder
Immer zur Schule meint der eine
Die müssen noch viel lernen bis sie von einem Baum
Auf den anderen springen können

Ruft ein Kuckuck aus einer Kuckucksuhr
Kuckuck Kuckuck schaut ein richtiger Kuckuck
Ins Fenster hinein und sagt wie bist du da blos
Hinein gekommen seh selber zu wie du aus so
Einem engen Kasten wieder heraus kommst

Eine kurzsichtige Frau springt in ein leeres
Schwimmbecken und schlägt unten auf
Nach einer Weile als sie wieder zu sich kam
Meinte sie mein Gott was bin ich dick geworden
Das Wasser will mich nicht mehr tragen

Die Oma hängt ihre nasse Wäsche hinaus Auf die Leine
Als sie fertig ist zerreißt die Leine und die Wäsche fällt
herunter
Meint der Opa wie kannst du blas so dämlich sein
Die schwere nasse Wäsche auf zu hängen
Warte doch bis sie trocken ist
Da ist sie doch viel leichter

Als meine Schwester am Abend nach Hause kam
Sagte sie beim Abendessen
Sie hätte heute den Mann ihres Lebens gefunden
Meinte unsere Oma wo hat er denn gelegen

Meine Frau war schon zweimal verheiratet
Zuerst mit dem lieben Gott
Der konnte sie nicht gebrauchen
Und da hat er sie mir geschenkt

Als mein kleiner Hund mich zum ersten mal sah
Freute er sich und wedelte mit dem Schwanz
Als er aber meine Frau sah
Da ließ er den Schwanz hängen

    Wenn mein Hund spazieren gehen wollte
    Stand er vor mir und bellte mich an
    Als wir etwas spät nach Hause kamen
    Bellte uns meine Frau an

Meine Frau betrachtete sich eine Weile im Spiegel
Danach fragte sie mich
habe ich denn schon so viele Falten
Meinte ich ach was wirf doch das alte Ding weg
Und kaufe dir einen neuen Spiegel

    Singt ein Vogel früh am Morgen
    Ist ein neuer Tag erwacht
    Bringt er Freude bringt er Sorgen
    Steht allein in Gottes Macht

Alles denkbar alles Gute

Soll der neue Tag dir bringen

Gut gelaunt voll Herzens Güte

Frohe Lieder sollst du singen

Trink ein Gläschen von dem Besten

Der in deinem Keller ruht

Deiner Kehle wird er munden

Deinem Bauch kommt er zu gut

Ist das Wetter nach deinem Willen

Sonnenstrahlen dich beglücken

Dann mach aus diesem neuen Tag

Als wenn du heut Geburtstag hast